"京浙智汇"系列丛书

繁茂的藤蔓

在京浙江人探访纪实

浙江日报报业集团北京分社　潮新闻京津冀新闻中心　编著

红旗出版社

编委会

策　划

王水明　谢寿华

主　编

蔡李章　张淑媛

编　委

梁建伟　沈爱群　余国荣

撰　稿

张　毅　刘晨茵　姜　倩

俞雪妍　乔韵鸥　张纯纯

支持单位

北京浙江企业商会

北京"三浙"发展平台

序

2023年是"八八战略"实施20周年。

干在实处、走在前列、勇立潮头。20年来，浙江一张蓝图绘到底，经济社会发展取得新的历史性成就，之江大地的精彩蝶变举世瞩目。

从时间步入2023年新春的那一刻起，作为驻京新闻机构，浙报集团北京分社、潮新闻京津冀新闻中心开始思考一个问题：如何通过记者的视角，关注在京浙江人"闯京城"的故事？

在浙江2023年"新春第一会"上，省委书记易炼红围绕"八八战略"实施20周年，提出要实施"地瓜经济"提能升级"一号开放工程"，要坚持高水平走出去闯天下与高质量引进来强浙江有机统一，加快打造高能级开放之省。

这个会传递出来的信息，高屋建瓴，是大手笔、大布局，也给了媒体人大启发。

　　浙报集团潮新闻客户端率先推出"了不起的'地瓜'——'八八战略'20周年特别报道",以浙江为原点,派出记者,顺着"藤蔓"一路采访,听"浙江经济"和"浙江人经济"背后的成长故事,感受中国式现代化新征程上"地瓜经济"的迭代升级和生机活力。

　　浙报集团北京分社、潮新闻京津冀新闻中心也像地瓜延伸藤蔓一样,派出记者将媒体的触角伸向京城各个角落,在各种场合见识和领略了众多在京浙江人的风采。此前与很多人虽未谋面,却经常能听到他们的一些传说,留下了深刻印象。于是在我们的脑海里,渐渐出现了他们的群像,久而久之,就产生了一种想把他们记录下来的想法。

　　一个会议,一组报道,让浙报集团北京分社、潮新闻京津冀新闻中心的思路和想法更加清晰:"闯京城"的浙江人也是地瓜的藤蔓,从浙江来到北京,用自己的勤劳和智慧汲取更多的阳光、雨露和养分,最终反哺家乡。他们是浙江"地瓜经济"的践行者、引领者和宣传者!

　　我们的这个想法,与浙江省驻京办不谋而合。引导在京浙江人"勇敢立潮头,永远立潮头",是全省驻京机构履行联络联系职责的重要内容。我们与浙江省驻京办多次探讨策划,最终决定推出"繁茂的藤蔓——在京浙江人探访纪实"系列报道。

　　"众人拾柴火焰高"。浙报集团北京分社、潮新闻京津冀新闻中心、浙江省驻京办《在京浙江人》杂志联合中国网,以"繁茂的藤蔓"为切入点,以波澜壮阔的时代为背景,通过记者视角,探访"闯京城"的浙江人的独特经历,捕捉他们的关切,关注他们的命运,从百姓视角呈现京浙互动故事;通过群像塑造,通过他们的所作所为、所思所想,为"地瓜经济"提能升级"一号开放工程"提供在京浙江人的实践和思考。

　　"千淘万漉虽辛苦,吹尽狂沙始到金"。寻访不易,探访艰辛,但一个个在京浙江人精彩故事,随着笔墨呈现给大家,并得到一阵阵点赞和鼓励之时，我们感受到了其中的甜美与价值，这激发我们一鼓作气完成系列探访。

我们笔下的这些在京浙江人，让读者深刻感受到他们闯荡京城的不易和骄傲——敢为人先的勇气，迎难而上的拼搏，洞察商机的智慧，踏实肯干的作风，以及心系家乡的情怀。

把他们的经历挖掘好，把他们的故事讲好，把他们的精神传播好，是我们的历史使命！

改革开放以来，首都北京作为全国政治、文化、科技创新、国际交往中心，一直活跃着浙江人创业以及工作生活的身影。

"在京浙江人"，这是把他们与家乡连接起来的一个称呼，也是浙江省驻京办主办的杂志（内刊）名。这本内刊主要通报省里的要情信息，讲好在京各界浙江人故事，因此受到在京浙籍乡贤的欢迎。

没有人精确统计过在京浙江人的数量。有人预估，大约有 80 万至 100 万人。

这些人因为工作、生活、求学、创业等原因，风云际会来到北京，然后以各种方式融入进去，成为北京的一分子。他们像一条条小溪流，源自浙江，悄无声息汇入京城这片大海，不时飞溅出耀眼的浪花；他们更像藤蔓，根茎在浙江，枝叶伸向京城各个角落，吸收着阳光、雨露，发生着美妙的光合作用——"地瓜经济"是浙江人和浙江经济最生动、形象的比喻。

"地瓜经济"之所以有魅力，是因为繁茂的藤蔓。我们从京城这块宝地和"在京浙江人"身上找到了答案。

在京草根浙江人不断书写传奇，他们的故事源自三问：大红门的浙江人去哪里了？新发地里的浙江人在忙些啥？马连道上的浙江人还好吗？

　　我们在京城进行系列打卡探访：北京中轴线上有哪些浙江元素？京城里有哪些浙江美食？京城里有哪些浙江人文地标？探访和感受人文浙江这根藤蔓在京城的呈现，人文味满满。

　　俗话说："在家靠父母，出门靠朋友。"各种形态的"组织"，是在京浙江人的联谊纽带，这里有熟悉的乡音乡情，是他们的心灵家园。我们通过一个个"组织"的案例故事，让大家看到"组织"的藤蔓及其发挥作用的形式与价值。同时生发出些许思考：在推进国家治理体系和治理能力现代化、助力浙江"两个先行"中，它们应该如何更好地发挥作用。

　　"今天的新闻，明天的历史"，这是我们媒体人作为时代风云记录者的职责所在，也让我们的探访记录具有了原始素材意义上的价值。

编委会
2023 年 10 月 26 日

目录
CONTENTS

第一章

草根"在京浙江人"闯关记

第二章

打卡探访京城里的浙江元素

第三章

组织的藤蔓

草根"在京浙江人"
闯关记

1

北京大红门的浙商去哪儿了？

立夏过后，北京的阳光已非常扎眼。

耀眼的阳光里，55 岁的台州人谢仁德带着采访组来到丰台区丰海南街路口。他眯起眼看了看南中轴国际文化科技园的工地，用手指着街对面一幢 20 多米高的老楼说："当年那是京温服装市场。那个时候，大红门一带围绕服装产业形成的市场有几十个。那个繁荣啊！"

北京南三环，凉水河依然平缓地流淌着。谢仁德带我们来的地方，曾是北京乃至华北最大服装批发交易中心之一的大红门服装商贸城所在地。现在，这里正"华丽转身"为未来科技产业园，以"文化 + 科技"整合新产业，撬动着北京南部地区加速蝶变发展。

几十万浙商，曾经奋斗在大红门

谢仁德现在是北京浙江企业商会常务副会长、北京台州企业商会会长。对于大红门，他再熟悉不过。1994 年，大红门服装商贸城的前身——红门服装市场，就是由谢仁德和几个浙商一起创办的。

在这片土地上，他奉献了自己的青春。对他来说，这里有激情燃烧的岁月。谢仁德觉得，大红门一带服装市场曾经的繁荣，无法用言语来形容，"比'熙熙攘攘'还要厉害"。

这种感觉，我们在胡涛那里得到了印证。职业经理人出身的胡涛，2017 年前曾是京温服装市场总经理。她说："那会儿，大红门每天人山人海。"

"浙江村"里最早的批发市场

"怎么形容呢？"胡涛打了个比方，"现在我们说'堵车'，那时这儿就是'堵人'！"

怎么个"堵"法？"就是人多、货多、车多，放眼望去，所见之处皆是货车、三轮车和打了包的货物。我们走路都得小心翼翼。"胡涛说，"这里的生意，那是真的好！"

京温服装市场创办于 1992 年。"我 2000 年来到'京温'时，这里已经热闹得不得了了。"胡涛说。

胡涛在京温服装市场待了 17 年。17 年里，她目睹了勤劳的浙江人在这里攒下人生第一桶金，而后转型升级创办企业。她曾经管理的京温服装市场一期、二期，总建筑面积 6.5 万平方米，共设 2500 个摊位，经营者 90% 是浙商。

"浙商不会固守陈旧。随着业务发展，部分浙商把摊位盘给外省人经营，自己出去办厂，扩大再生产。但后来的这些外省商人，始终做不过浙商。"她说，"浙商眼光超前，思路灵活。"

曾经，到底有多少浙商奋斗在北京大红门？ 2015 年，北京浙江企业商会做过一个调研。调研数据显示，当年在北京注册登记、年营收在 1 亿元以下，且老板为浙江籍的小微企业，约有 2 万个。谢仁德就参加了这个调研，他告诉我们："这些企业，相当部分是大红门一带的浙商注册成立的。"

这个调研还显示，当年 80 多万在京浙商中，温州籍浙商近 50 万（其中乐清籍浙商有近 30 万），台州籍浙商约 17 万。"在大红门从事服装生意的，以温州籍浙商和台州籍浙商为主。"谢仁德说，"坊间传闻'几十万浙商在大红门'，并不为过。"

2017 年，随着北京市第一次非首都功能疏解告一段落，大红门一带服装市场全部关停。

2023 年春天，我们行走在凉水河畔，曾经喧嚣的热闹景象早已难觅。但浙商曾经在大红门的奋斗史，依然在这片土地上流传。

在大红门，浙商是这样做生意的

大红门，位于北京市丰台区永定门外木樨园桥南侧的南苑乡。

历史上，大红门原指皇家苑囿南海子的正门。据史料记载，大红门建于明代永乐十二年（1414）。当时扩建南海子时在东西南北四个方向各开有一个门，分别称东红门、西红门、南红门、北红门；其中，北红门为南苑的正门。清乾隆年间，这里又增开了五个门，在北红门东边所建的一个门称"小红门"，因此原来的北红门也被大家称为"北大红门"，后简称"大红门"。

近 30 年，大红门地区居住了大量以浙江人为主的外来人口，一度被称为北京"浙江村"。

1985 年春节前，17 岁的谢仁德从浙江玉环老家来到北京。因为很多温州籍、台州籍老乡就住在木樨园大红门一带，他也跟着住在了这里。

如今回想起来，谢仁德依然觉得那样的日子快乐而有奔头。"就是老北京的胡同，房子都是平房，一间一间的，住满了租在这里的浙江人。居住条件并不好，一到下雨天小巷子里简直无从下脚，但大家觉得日子充满了希望，并不觉得苦。"

那会儿正是"引厂进店"的好时机，北京的东安市场、隆福寺大厦、西单百货大楼等地，敞开怀抱欢迎大家进去包柜台经营。谢仁德就是带着玉环老家服装厂的产品，来到北京包柜台。因为是从厂里生产出来后就直接进到销售前端，中间省去了经销环节，所以价格具有竞争力，利润也相当可观。

凉水河畔

20 世纪 80 年代"浙江村"旧照

勇于挑战的浙江人就在其间发现了商机。"有些会裁剪、缝纫手艺好的，就在出租房里搞起了家庭服装作坊，"谢仁德告诉我们，"做出来的产品，有的拿到京郊去卖，有的给厂里做贴牌。渐渐地，有北京市民打听到商场里的服装就出自'浙江村'后找了过来，大家就在出租房里加工并销售。"

再后来，随着加工工艺越来越好，大家都认可了"浙江村"的产品。因为同样的服装，大商场和"浙江村"的价格相差可不是一点点。但是出租房太小，渐渐地就接待不了那么多客户了，大家就到路边摆摊做生意。"实际上连个摊位都算不上。找两棵树，拉根绳子，挂上衣架和衣服，就能做生意啦！"谢仁德感叹。

慢慢地，服装市场雏形就开始有了。

"这个市场的形成，完全是自发的，"谢仁德说，"后来大家看到果园村有片空地，就琢磨着要像绍兴柯桥轻纺城那样办个交易市场。"

这一琢磨不得了。1992年京温服装市场诞生，1994年红门服装市场开业，1997年京都轻纺城开张……有做面料的，有做辅料的，有做纽扣的，有做五金配件的，有做拉链的，大大小小几十个市场，包罗了服装生产的所有工序和工艺。

"除了服装设计和研发。因为当时'浙江村'不具备这样的能力，"谢仁德说，"其余的服装生产、销售要素，我们都有了。"

那时候的浙江人，为什么能在大红门做得那么红火？

在谢仁德看来，这其实就是一个全产业链的雏形。"大家各司其职，发挥所长，各自负责服装产业的一个环节，"他解释说，"实际上就是把整个产业链给拆分了，化整为零，各自加工完成后，再拿到市场来进行交易，又集零为整。市场规模就这样起来了！"

也是在丰台区大红门服装批发交易市场的影响下，西城区动物园批发市场、朝阳区雅宝路服装批发市场相继建立，形成三足鼎立局面。

比别人早迈出一步，敢为人先

"作为职业经理人，我是从另一个视角来观察大红门的浙商的。"胡涛说。

在她看来，在京浙商除了吃苦耐劳，其独特的地方或是明显的优势还在于：视野开阔，眼光超前，积极进取，团结协作。"浙商大多很早出来经商，其家族或者亲戚又遍布世界各地，他们所具备的是世界眼光，做生意往往能比别人早迈出一步，抢到一些先发优势。"胡涛这么认为。

浙江乐清人卢坚胜，是谢仁德的合作伙伴。

1995 年，24 岁的卢坚胜跟着朋友离家北上，与"做市场"结下不解之缘。1996 年，卢坚胜与大红门街道合作，办起"服装早市"；1997 年，由他担任董事长的京都轻纺城开业；其后，他又办起纺织品市场。

就是在大红门，台州人谢仁德与温州人卢坚胜相遇了。相同的理念，让他们俩很快走到一起，合作至今。

2009 年 11 月，北京启动《促进城市南部地区加快发展行动计划》（后文简称南城行动计划），计划 3 年内投资 2900 亿元，用于城南的产业调整、民生改善以及基础设施建设，定位于发展高端产业。

看到南城行动计划的那一刻，谢仁德和卢坚胜都敏感地意识到：大红门原有的服装加工业将面临搬迁和改造。

一直以来，大红门地区服装市场走的都是这样一种模式：租来村集体的土地，建好市场招租，然后开业经营。"市场管理方、经营户和村集体，看似大家都赚钱了，但很多手续都是不完备的。在没有法律保障的前提下，作坊式的服装业，等于是一直在没有地基的空间里行走。"

20 世纪 90 年代 "浙江村" 内的市场

同时认识到这个问题的谢仁德、卢坚胜，还联合了后来进入中通快递管理层的王吉雷，开始为大红门浙商寻求出路。

他们一致认为，已经发展壮大了的大红门浙商，需要一个适合长期发展又属于自己的地方。

2009年底，在浙江省人民政府驻北京办事处（后文简称浙江省驻京办）和北京浙江企业商会的支持下，他们考察调研了环首都十三县中可承载服装产业的所有地方，最终敲定了河北省永清县。

永清地处京津冀经济圈核心、北京产业转移带，毗邻北京大兴国际机场，京台高速贯穿全境。独特的区位和交通优势，使其成为大红门浙商搬迁的首选之地。

"永清到北京天安门广场，直线距离60公里。地理位置得天独厚。"而今介绍时，谢仁德一再向我们强调这点。

他们注册了"浙商新城"和"浙商服装新城"两个主体。2010年春节前，他们与永清县相关部门达成协议，合作建设规模达2万亩的永清县浙商新城项目。浙商新城包括浙商服装城、浙商商贸城、浙商理想城和浙商旅游休闲城四个板块，其中5000亩用于建设浙商服装城。

然而，理想很丰满，现实永远比想象的要来得骨感。

② 致敬！从北京大红门迁往永清坚韧生长的浙商们

北京大红门的浙商去哪儿了？

一段时间以来，我们在北京实地走访中发现，2017年北京大红门一带市场彻底关停后，浙商们大致有以下四个去向：一是提前退休"上岸"，凭借当初在大红门积累的资金，过起了每天睡到自然醒的潇洒日子；二是去了南方，广州、浙江、江苏都有，据说部分人遭遇了经营不善而关门；三是在河北省固安、沧州，重操旧业继续奋斗；而更多的，则是选择跟随大部队，奔向浙商新城所在地——河北省永清县。

永清在哪里？魅力在哪里？

从北京丰台区大红门出发，沿京台高速驱车40分钟，便到了永清地界。

资料显示，"永清县地处京津冀经济圈核心"。进入永清境内，我们对这句话有了更深一步的理解，也更能明白当初浙商新城为何会选址在这里了。

从永清县区位交通示意图上看，这里距离北京市60公里、天津市60公里、雄安新区50公里。如果把北京、天津、雄安新区比作一个三角形的三个顶点，那么永清几乎处于这个三角形的中心。

武廷海是清华大学建筑学院教授、城市规划系主任。此前，他曾参与大北京规划和京津冀地区城乡空间发展规划研究。

武廷海教授表示："北京要发展，产业升级是必然。大红门等批发市场，是在特定的时代背景下产生的，低小散是其特点。随着时代发展，大红门要面对转型升级、自我革命，这是历史必然。从这种意义上说，北京非首都功能疏解，大红门浙商顾大局、讲政治，主动选择去永清建设浙商新城，不仅眼光超前，也是二次创业。"

确实，京津冀是我国经济最具活力、开放程度最高、创新能力最强的地区之一，是引领高质量发展的重要动力源。千年古都"瘦身"蝶变，环京各地县市，比如永清县，如何牢牢抓住和用好北京非首都功能疏解带来的机遇？这是一个发展机遇，也是一篇大文章。

相关数据显示，2015 年以来北京疏解提升区域性批发市场和物流中心近 1000 个。这其中，包括大红门一带围绕服装产业的大大小小几十个市场，涉及浙商几十万。

遭遇瓶颈：疏解容易落地难

2010 年春节后，负责牵头永清县浙商新城项目的谢仁德、卢坚胜他们，找来当时大红门一带较有实力的 600 多家浙商服装企业，并与这些企业签订了合作协议。

正当大家摩拳擦掌、准备大干一番之际，这个当年曾被列为永清县乃至河北省委、省政府重点引进的产业项目，却遭遇了"疏解容易落地难"问题。

按照规划和设想，作为时尚产业的永清县浙商新城项目，将被打造成一个万亿级产业集群。其中，相关产业链企业 1000 家，容纳产业人口 100 万（20 万为生产、销售端常住人口，50 万为采购端流动人口，30 万为服务产业人口）。

目前，落地永清的主体中，只有浙商服装新城、云裳小镇[①]这两个项目得到了部分落实。2023 年 5 月 12 日，我们探访云裳小镇时了解到，在这里营业的 3800 多个摊位、几十家企业，其所吸引的常驻产业人口尚不到当初设想的三分之一。

我们还在调研中了解到，作为华北区域最大、最红火的服装批发交易中心，北京也曾是服装行业的风向标之一。以面料为例，女士的冬装和男士的休闲夹克，都曾有过"全国看北京"的辉煌。

伍朝八，浙江乐清人。作为最早一批在北京大商场里包柜台的勇敢者，自从 2000 年改做面料以来，至今做的仍然是女装面料生产、销售生意。2018 年，经历了前期观望、摇摆后的他，在云裳小镇挂出了"华盛纺织集团"的牌子。"在面料界，女士冬装的细分行业，北京不再是风向标。"他说，"现在，这一行的风向标在南方的杭州、嘉兴一带。"

在伍朝八的印象中，2011 年到 2015 年是北京面料界的高光时刻。"京都轻纺城、万鑫轻纺市场等 10 多个面料市场、5000 多个摊位，曾经一铺难求，大家生意都很好。"伍朝八说。

作为云裳小镇经营女装面料品种最全的浙商，他认为："市场一散，客户就散了。再要聚拢，需要时间、规模等多种因素来共同培育。"

在他看来，重疏解轻承接的直接后果之一，就是这里的市场集聚效应尚显不足："与大红门相比，不可同日而语。这里几百家的面料摊位体量，也撑不起'店多隆市'的效果来。"

我们调研时，同样提到"集聚效应不足"的还有经营廊坊卡帝亚服

[①] 云裳小镇：于 2016 年开始建设，是京津冀区域首个服饰产业链型特色小镇，也是浙商在北方区域为推动中国服饰产业转型升级而倾力打造的第一个产业特色小镇项目。

云裳小镇

装有限公司的浙商张献华，他的工厂专业生产商务男装。

张献华拿来一款男士羊毛大衣，给我们举了个例子："比如这件大衣的面料，原来在大红门，我们拿面料的话半天就能到货。因为大红门是全产业链供应，大家各司其职，上下游供应效率非常高。"他解释说，同样一块面料，现在他得先到内蒙古去采购纺纱用的原材料，再到山东去织成布，而后完成印染，整道采购流程走下来至少 40 来天，"不仅速度慢了，也会增加采购成本和市场风险"。

同为浙江乐清人的张献华，是最早一批在永清买地建厂房的浙商。在北京旧宫镇，张献华的服装企业曾经年产值达到 2 亿多元，拥有员工 580 多名，是旧宫镇有名的纳税大户。他回忆："那时，唯一美中不足的是，厂房是向村集体租来的。万一遇到拆迁，自己的权益就得不到保障。"

2010 年 7 月，张献华在永清投资购买了 40 亩地，加上后来自建厂房的费用，几乎把前半辈子赚来的都投了进去。"由于用地指标紧张，当年我只拿到了 10 亩地的土地证。后来又陆陆续续补办了一些，目前尚有 17 亩地的土地证正在补办。"张献华表示，建设用地没有合法、完备的手续，这或多或少让他不敢过多投入、放手一搏。

"来永清买地建服装企业的浙江老乡，大多和我一样被土地证'卡'过。"张献华补充说。

二次创业，浙商在永清坚韧生长

尽管有种种不如意，但我们发现，从大红门来到永清谋发展的浙商都咬牙坚守了下来。

"我们到永清来，就是凤凰涅槃般的二次创业。"永清县浙江商会会长陈炳柳告诉我们，"一路上遇到的坎坎坷坷，也是人生的宝贵财富。"

注册并拥有自己的品牌，来到永清二次创业的浙商告别了首次创业初期生产低端产品的老路。

我们在调研时欣喜地看到，浙商们来到永清，一起带来的还有各自的商标和品牌。从生产端看：陈炳柳，永清盈珂服装服饰有限公司法定代表人，拥有女装品牌盈珂；张献华，廊坊卡帝亚服装有限公司法定代表人，拥有男装品牌尼罗菲。从销售端看：伍朝八，华盛纺织集团合伙人，注册了女装面料商标"华桐"；林加进，卖的就是自家澳森品牌服装。

有品牌、重质量，这是浙商在永清生存的法宝之一。"特别是近几年，面对越来越理性的客户，我们就是靠质量取胜。"张献华说。

因为质量牢靠、款式新颖，张献华生产的尼罗菲品牌男装，在兰州、西安等地的 200 多家门店销售。此外，他还是国内一些大品牌如七匹狼、劲霸等的加工商。

而在乐清人林加进看来，永清浙商屹立不倒的原因，就是一步步转型，"都是自发的"。

"市场大环境就是这样。我们相互鼓劲，争做'不倒翁'。"林加进给我们讲述了自己的转型故事。

1985 年，19 岁的林加进来到北京海淀，在五道口那块经营服装。1992 年大红门京温服装市场开业时，林加进进场成了经营户。后来，他注册了自己的服装公司北京澳森服装有限公司，也是"前店后厂"模式，生意红红火火。

起先，澳森只生产、销售男裤。2017 年非首都功能疏解时，林加进同样选择了永清，并在曹家务乡南小营村租房办厂，继续"前店后厂"模式。后因村子搬迁，林加进干脆关闭了厂子，谋求转型升级。

云裳小镇街景

云裳服饰广场

"我们不生产了，转为主攻销售。光是男裤，我觉得产品线还是单一了些，就转为销售澳森品牌全品类男装。"林加进说。

怎么采购？他把男装分为裤子、西服、衬衫、短袖、T恤等品类，在全国各地找来质量过硬的生产商，向他们下单让他们代为加工。这其中最关键的一点是，他主打的是自家品牌。

"就是我用澳森品牌下单，让生产厂家代加工。比如西服，还是温州老家的厂家过硬，我找的是报喜鸟、乔顿。衬衫就交给义乌、广东那边生产。"如此一来，林加进每天琢磨最多的，就是国内外的流行款式，看面料、看设计、看色彩，然后再到全国各地调研，最后"看准了就下单"。林加进还表示："我们反季节下单采购，可以节约生产成本。"

再后来，他把女装也囊括了进来。如今，林加进在云裳小镇有两个店面，一个主营全品类男装，一个主营全品类女装。

等待机遇，期待腾飞

面对未来，永清的浙商在想些什么？

一致看好，充满信心！在永清调研后，我们得出了这样的结论。

陈炳柳告诉我们："华北区域需要这么一个平台，这是几十年从业经验让我们得出的结论，也是这些年支撑我们一路前行的精神支柱。"

正是在这样的认识下，100多家在永清建起的浙商服装企业，至今每家仅购地建厂部分投入已不少于4000万元。"加上设备等，全部加起来已有近百亿元。其中相当部分浙商，是把前半生积蓄都投在这里。"

2023年上半年，他们正商量着成立永清县浙江商会外贸服装专业委员会，做好内销、外贸两篇文章，积极参与国内国际双循环。

永清浙商的发展，引起了清华大学建筑学院城市规划系师生的关注。

祖籍浙江温州的该系硕士研究生夏成艳，在毕业论文中对这些浙商进行了研究。

"浙江人就是潜力股，只要给机会、政策和平台，他们就能腾飞。"采访时，夏成艳这样告诉我们。

在导师武廷海的指导下，夏成艳是从未来城市规划的角度去研究永清时尚产业和永清浙商的。她的论文是《基于未来城市 DNA 的河北永清国际服装城规划研究》。

在武廷海、夏成艳这对清华师生看来，在永清奋斗的这群浙商积极配合国家战略部署，不仅有战略眼光，还在实战打拼中非常灵活。

"困难是暂时的，前景是光明的。"他们说。

③
大红门浙商已经在永清蹚出一条路子了!
——对话河北省永清县委书记

大红门曾经的繁华已走进历史,成为传说;浙商新城面临的问题正摆在眼前,亟待解决。特别是迁往永清的浙商遭遇"疏解容易落地难"的种种窘境,更是摆在面前的一道必答题。

从大势上来说,随着京津冀协同发展国家战略的深入实施,环京各地县市,如何牢牢抓住和用好北京非首都功能疏解这个"牛鼻子",更好地承接从首都疏解出来的资源和产业,考验着环京县市主政者的战略眼光和决策智慧。

北方的5月,已是花团锦簇。2023年5月,一个阳光正好的中午,在俭朴的永清县委大院,永清县委书记焦文序接受了我们的专访。

我们的对话,就从北京大红门迁到永清的浙商说起,从这群浙商该如何突围、做大做强说起。

永清发展,需要浙商这样的领头羊

浙商新城项目从2010年规划至今已有10多年了。这些年,浙商陆续来到永清,奋斗在这片热土上。我们好奇的是,永清有什么样的魅力吸引着大家,而对于这部分浙商,永清县又是如何评价的呢?

"北京非首都功能疏解,浙商顾大局讲政治,从北京大红门来到河北永清,我们非常欢迎。永清的发展,需要浙商这样的领头羊。"焦文序如是说。

永清时尚产业规划图

大红门浙商去哪儿了？

焦文序认为，大红门浙商不仅没有消亡，而且在永清华丽转身、升级了。"他们是怎么升级的？是被一些有情怀、有胆魄、有思想、有路径的浙江企业家领着走出来的。"

焦文序介绍说，永清一直非常欢迎和支持外来企业、投资者来此发展。浙江服装企业和那些顺着"了不起的地瓜"藤蔓出来的浙商，已经在永清蹚出一条路。浙商新城项目建设中，购地建厂的浙商已在永清投入近百亿元。作为时尚产业的云裳小镇，其建筑不少成了永清的地标，充满时尚感，恰如其名，引领着永清建设时尚之城。

针对浙商新城项目，永清县委、县政府一直积极推进，加强协调和服务，努力为浙商企业营造更加开放、优质的投资环境。10 多年来，永清县大力推进产业转型升级，优化产业结构，扶持优势产业和新兴产业发展；同时也注重与浙商企业开展合作，共同发展壮大服装服饰产业。

浙商奋斗在永清这片热土上，也为永清县的经济发展和社会进步作出了重要贡献。浙商作为有着丰富经验和优秀管理能力的企业家，在技术引进、资金支持和创新能力等方面，为永清的经济发展提供了重要支持，注入了强大动力，也为永清百姓带来了更多就业机会和福利。

开通到北京的快线，永清县花了不少力气

目前，云裳小镇不仅是永清地标性的存在，更是浙商经营户在永清的集聚区。但更多的商户还是居住在北京，随着北京到永清 828 快线的开通，交通大为便捷，节省了往来时间。在这件事上，永清县动了不少脑筋，花了不少力气。

以前北京到永清有公交，但得经过丰台区、大兴区，再从河北固安

县绕过来，路上得花两个多小时。

经过永清县和北京市公交部门沟通协调，2023 年 4 月 12 日，从北京南三环大红门到永清的 828 快线已经开通，走京台高速，半个多小时就能到达第一站云裳小镇，非常便捷。

对此，焦文序颇有感触地说："'这么近那么美，周末到河北！'，这是河北省委提出的旅游发展方针和策略。服装服饰作为时尚产业，既属于美的范畴，也属于购的商品。曾经的大红门非常热闹，大红门的浙商去哪儿了？北京人不知道，外省人也不知道。我们有责任，让北京人和外省人都知道大红门的浙商来永清了！他们在永清又扎根了，又蓬勃发展了，又转型升级了，还接受定制，满足客户个性化消费需求。"

在永清，升了级的大红门版本是怎样的？

目前在云裳小镇，已先后建成云裳轻纺城、云裳服饰广场两个项目，承接北京大红门区域服装商贸企业或商户 3800 多家，注册个体经营户 1000 余家，注册企业 400 余家。同时，云裳小镇还进驻了独立设计师与高级定制工作室百余家，这些工作室均由历届中国时装设计"金顶奖"、中国时装技术"金剪奖"、中国十佳时装设计师等荣誉获得者领衔。

"我们永清就是要立足北京卫星城定位，最大限度发挥想象力，并努力付诸实践。"焦文序还发出了热情邀请，"现在，大家可以坐这条快线来逛逛云裳小镇。永清欢迎您！"

服装企业和经营户，已遍布永清城乡

围绕服装打造的时尚产业，是永清县乃至河北省重点引进的产业项目。经过这些年发展，永清的时尚产业到底是一个什么样的现状呢？

遍布永清的服装企业

永清服装博物馆

"围绕京津冀协同发展、北京非首都功能疏解、北京城南行动计划等国家战略,服装产业是永清抓住机遇,充分利用区位交通优势、服装产业特点条件而发展起来的县域特色产业。经过 10 余年集聚与发展,服装企业和经营户已遍布永清城乡。"焦文序不无骄傲地说。

截至 2023 年上半年,永清已拥有云裳国际城、时尚未来城两大产业基地,形成了"两城组团·双子星座、遍地开花"的发展格局。围绕服装打造的时尚产业,不仅是永清"1+2"主导产业、廊坊"7+6"特色产业,也被列入了河北省 176 个特色产业集群。

同时,已有 7000 余家服装企业和经营户扎根永清,抱团发展,涉及服装服饰创意设计、生产加工、面辅料交易和商贸物流,形成了完整产业链和业态品类,具备一定的产业基础、行业影响和市场潜力。据统计,2022 年以上企业实现产值约 30 亿元,营业收入约 40 亿元,带动就业近 4 万人。

近年来,京津冀协同发展迎来新机遇。永清位于京津冀经济圈核心,区位优势明显。与焦文序的对话,让我们明显感觉到,面对未来,永清有更多的发展机遇;永清的时尚产业,也必将迎来更加美好的未来。

谈到此处,焦文序如是介绍:京津冀协同发展纵深推进和临空经济区加快建设,是永清发展的最大机遇。特别是轨道上的京津冀加快建设,让永清"区位 + 交通"的优势真正聚合凸显、变为现实,各种资源要素加速集聚,永清即将成为首都通勤圈、功能圈和产业圈集聚之地。

"借助这些优势,我们要进一步锚定发展目标、做好项目规划,主动出击、精准破题、科学发力,争取早日实现永清蝶变。"焦文序说。

发展时尚产业,已被列入永清县"十四五"发展规划。永清的目标,是要把它打造成南北融合、线上线下、国际国内同步运行,文化积淀与智能创新兼具的全产业链集群。

根据这一目标，永清将着力做好产业链创新链强链补链延链，以世界眼光，谋划做好时尚产业转型升级大文章：聚焦打造外向型、国际化服装外贸产业基地，进一步整合资源，培树龙头，发展跨境电商，开放服装产业走出去的贸易窗口；聚焦建设国家纺织服装创意设计试点园区，进一步完善配套，吸引设计师人才集聚，打造时尚创意之都；聚焦壮大服装生产加工企业规模，以区块链金融打造数字化交易平台，试点服装产业共享孵化园，进一步促进和带动服装全产业链更加成熟稳固，走出一条特色化、差异化的开放型高质量发展道路。

"从县域实际出发，永清该如何突破资源制约？如何打造京津冀一体化示范区域，让永清真正成为引领时尚的时尚之城？"焦文序表示，"我们将锚定目标，以问题为导向，以结果为牵引，以更加奋发有为的精神状态全力推进永清高质量发展。"

④
北京马连道上浙商成功的秘诀

世界茶乡看浙江。茶叶一头连着国家发展战略，一头连着人民美好生活。茶叶产业一直是浙江的一张"金名片"。

茶通天下无国界。20世纪90年代，有这么一群浙江人，他们带着浙茶来到北京马连道这个北方最大的茶叶市场，开始了"茶通天下"的创业历程。

30年后的今天，马连道上的那些浙商还好吗？他们成功的秘诀是什么？对未来有什么规划和期许？我们带着问题，走进马连道探访。

穷则思变，危中找机

从北京火车站出来，沿着前门大街一路往西，就是被称为"中国茶叶第一街"的北京马连道茶叶特色街，这里是华北地区最大的茶叶集散中心，也是各地茶商的必争之地。

53岁的金华人俞学文是第一批在北京站稳脚跟的浙江茶商。1995年，俞学文和妻子朱丽俐揣着2000元钱和几十袋武义茶叶，从金华武义的小乡村来到北京，带着对首都的向往在马连道寻找商机。

"当时的马连道只有5家商铺，第一家是国企京华茶叶，两家是福建安溪茶商开的，两家是我们浙江的茶商开的。"冥冥之中自有定数，经过近30年的发展，闽商和浙商也恰是目前北京马连道茶叶市场数量最多的两大茶商群体。

和所有从市场夫妻店做起的浙商一样，当时俞学文和朱丽俐过着

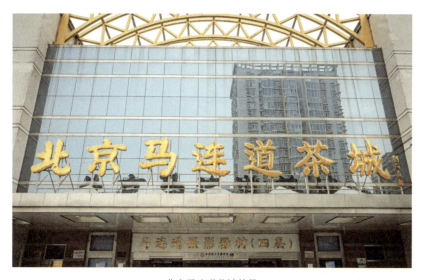

北京马连道茶城外景

马连道的路名多带有茶字

"男跑销售、女管店铺"的生活。守着马连道 30 平方米的小店面，俞学文每天骑着自行车走街串巷推销武义绿茶。茶叶虽然能卖出去，利润仅仅只能维持生计。

通过对北京茶叶市场的调研，俞学文发现北方人对茶叶的偏好和浙茶的优势、特色并不匹配。

"茉莉花茶是北京人独爱的茶类，因为北方的水质较硬，需要用花的香味来掩盖水的味道，以龙井为代表的浙江绿茶用老北京人的话来说，'色儿'不够浓，茶不够香。"

当时的茉莉花茶占北方市场 95% 的销量，浙江绿茶只有不到 1% 的份额。同一年来到马连道的金华商人项建春也意识到了，只卖老家的绿茶，在当时难成气候。

穷则思变，危中寻机，一直是浙商在市场站稳脚跟的本事。

"既然北京人对茉莉花茶情有独钟，那我们就卖有'浙江印记'的茉莉花茶！先生存，再发展。"一开始，项建春主要批发金华茶厂生产的茉莉花茶。这家厂是计划经济时期国家三大花茶加工厂之一。随着后期批发量的增大，金华茶厂的供货量开始跟不上项建春的销售了。

当时市面上售卖的茉莉花茶不乏偷工减料的。俞学文就遇到过，有一批茉莉花茶水分含量高，只窨制了一二遍，花香只停留在茶叶表面，放一段时间就不香了。俞学文、项建春在内的浙江茶商们从中发现了商机，不约而同盯上了茉莉花产量占全国 80% 的广西横县。

他们组团跑到广西，从承包花茶加工车间到建立高规格的花茶加工基地，以鲜爽的浙江绿茶作为茶坯，配上横县具有地理标志的茉莉花球，窨制五六次甚至七次，拼配出清雅醇厚的上等茉莉花茶。这样的茉莉花茶，质量比当时市面上的大部分同类产品要好，在北京一炮打响了浙江茶商的名头。

"我们浙江茶的口碑是喝出来的。"凭借质量,他们生产的茉莉花茶很快脱颖而出,抱团发展的浙江茶商就这样曲线打开了浙江茶叶北进的市场,而马连道这块沃土,也壮大着他们的事业。

"我们知道,这是一条曲折但正确的道路。"现在身为浙江省茶叶产业协会驻京企业分会会长的项建春说,截至 2023 年上半年,驻京分会 130 余家浙江茶商,基本每一家都在广西有自己的茉莉花茶加工基地,他自己家的基地,一年就有 500 多吨的加工量。

项建春表示:"直到今天,茉莉花茶依旧是北京销量第一的茶叶品种,我们浙商拥有茉莉花茶一半以上的产量,也是吴裕泰、张一元等老字号的最大供应商。"

浙江绿茶破局出圈

马连道的发展,让全国越来越多的茶商云集此处,带来的家乡茶叶品种也越来越丰富。随着一家家批发市场的成立,马连道茶叶街进入"战国时代"。

如何才能成为赢家?敏锐的浙江茶商意识到,做热门茶叶品种的生产批发倒货,或许能赚到丰厚的利润,但随着茶产业的发展,有独一无二的茶叶品种才是立身之本。

"绿茶在这里或许不是最畅销的品种,但其内质香高持久,鲜醇甘爽,绝对能靠口感和口碑创下一片天。"项建春说,他的根在浙江,自然更希望通过马连道这个据点,让家乡的好茶走进北方市场。

于是,当客人选购完花茶后,这些浙江茶商都会用心介绍下自己家乡的绿茶,免费请客人品尝新茶。项建春说,他们是在用做花茶获得的利润,用心培育、推广着家乡绿茶。

功夫不负有心人，口碑终于迎来变化。随着人民生活水平的提高和南北消费习惯的融合，最先是久负盛名的西湖龙井绿茶成为市场"顶流"，随后安吉白茶、泰顺三杯香等品种在马连道茶城次第登场，轮番"唱主角"，创造一个又一个茶叶品类的新业绩。

浙江省茶叶产业协会曾统计过，绿茶独特的口感和健康属性逐步得到北方消费者的广泛认同，北方市场的花茶消费量以年均 5% 的速度递减，而绿茶则以 20% 至 30% 的销售增幅扩大市场，浙江茶商终于迎来浙江绿茶销售的春天。

曾经是浙江茶商落脚点的马连道，现在已经成为展示浙江茶产业的重要窗口。西湖龙井、开化龙顶、武阳春雨……在马连道茶城随便转一圈，就能看到十几种浙江茶叶的广告牌和展示柜，更香、朴茶集、茗正堂等浙商茶品牌也成为马连道响当当的第一阵营。

但这还不够，必须继续寻找和探索发展新空间。20 世纪 90 年代初，在北京经营多年的俞学文注意到，中国农科院茶叶研究所专家曾经介绍过国外流行的生态有机茶概念。这在当时，还是一片蓝海。

抓住这个机会。1997 年，俞学文直奔老家武义建立基地，承包了武义海拔 800 多米小和尚山上的一块已经通过认证的有机茶园。他从源头抓起，创建了更香品牌第一块有机茶生产基地。1999 年 3 月，第一批由武义生产的有机茶抵达北京。一吨吨的浙江绿茶就像绿色粗壮的藤蔓，从浙江的各个茶产地延伸到马连道，进而辐射到整个华北市场。

现在，更香已成长为中国有机茶第一品牌，武义也成为中国第一个有机茶之乡，盛产零污染、纯天然的有机茶。茶叶这片绿叶子已经成为武义的"金叶子"，为武义创造了 11 亿元的年产值，全县拥有有机茶认证企业 25 家，带动了当地 6 万农民增收致富。

项建春、王雅雯在马连道创出了自己的品牌

俞学文在家乡武义种有机茶

从"卖茶叶"到"卖文化"

茶叶不仅仅是农副产品，每一种茶背后隐藏着深层的文化故事和历史内涵。

我们探访马连道数十家浙江茶商后，发现这是他们深厚的共识。一片片绿叶飘香于北京的背后，也是茶叶消费与浙江茶文化的"双向奔赴"。

在马连道 20 年只做安吉白茶这一品类的茶商谢忠于告诉我们，近 10 年来，安吉白茶在北京越来越好卖了，"茶没变，是浙江变了"。

当我们走进谢忠于在马连道主街的安吉白茶极白旗舰店，迎面的几幅大照片给了我们答案。照片中的安吉县，笔直干净的村路、清澈见底的溪水，道路两侧秀丽的茶园风光使人心生向往。

"每次碰到新的客户，我都会告诉他们，他们手中捧着的那一杯白茶，诞生于'绿水青山就是金山银山'理念的发源地，诞生于中国首个生态县，更是诞生于联合国人居奖唯一获得县。"谢忠于说，客人在店里喝着茶，看着这片叶子诞生的地方，"都说闻起来更香，喝起来更甜了"。

不仅有好生态加持，安吉县还严格管控产区、品质稳定、渠道规范，同时向全国市场推出采摘体验、文体休闲、影视拍摄等文旅项目，"一杯茶的体验"变得更丰富而立体，因此安吉白茶虽然是后起之秀，但在北京持续获得良好声誉，销售一路见涨。

从"卖茶叶"到"卖风景"，再到"卖文化"，谢忠于觉得，在北京做家乡的安吉白茶生意，越做越有意思，越做越有奔头。

无独有偶，为了弘扬武义生态旅游及促进茶产业多元化，俞学文将有机农业与休闲旅游相融合，在武义县建立占地 1000 多亩的更香茶文化生态休闲观光园。观光园成为茶文化研学旅行、科普教育的重点基地，每年接待全国游客达 3 万人次。

2023 年 4 月，俞学文把京津冀 100 多家茶叶经销商集体带到武义，希望能带动家乡茶产业一二三产融合发展："也有一点私心，希望我们武义的茶叶，可以直接从家乡走进京津冀的千家万户。"当年那个带着家乡茶叶进京闯荡的小伙子，人到中年又回到当初点亮茶叶梦的地方。

是啊，30 年了，人在变，马连道也在变，唯有浙商的初心不变。

采访组了解到，预计到 2028 年，北京马连道地区所属的广外街道将对马连道街区内的茶叶批发、物流和仓储等非首都功能进行疏解，力争把马连道打造成以茶为特色多元发展的文化创意街区，引导茶企将业务向新媒体和数字版权、衍生版权领域拓展。

5

跟上时代，从浙商选择看马连道未来

春风起，茶香浓。作为全国最具代表性的茶叶市场及茶文化特色街区，在 2023 年的春天，马连道又开始熙熙攘攘。

随着北京作为首都的产业更新与城市升级，这条茶叶特色街区的"瘦身"规划再一次被提上议程。按照北京市西城区 2023 年公布的"马连道·茶·中国数据街"的具体行动方案，马连道茶叶一条街将在疏解批发、仓储、物流等功能后，打造茶文化与数字经济高品质街区。

升级意味着改变，也意味着挑战。对很多生根于北京的浙江茶商而言，茶城搬迁已经不局限于空间上的概念，更多的是对未来生活和产业的重新规划，以及对发展道路的重新探索。

对此，浙商们又会作出怎样的回应？从中折射出茶产业怎样的一个未来？在前期走访的基础上，我们继续探访他们在马连道上的创业故事。

从"茶叶"变成"茶"

浙江茶商凌志文的故事要从 20 世纪 90 年代说起。

1992 年，马连道建立了茶叶批发市场，1996 年起到 1999 年，马连道进入了全盛的发展时期，以近 10 座茶叶批发市场的建立为标志，形成了完整的茶叶市场体系。

马连道茶城开业盛况

"那时候茶叶批发生意很好做，只要敢进货，都能卖出去，不缺市场，一个铺位一天的批发量能达到好几万元，周围很多老板觉得可以靠倒货吃一辈子。"当时凌志文也是在马连道上的茶城租了一个铺面，靠批发茶叶赚了人生第一桶金。

很快，凌志文敏锐地发现了马连道的变化："我看到'批发'两个字，从马连道市场对外宣传的新闻报道里消失了。"

对市场的把握和对风向的敏感，深深根植于浙商的基因之中。读懂文字变化背后的言外之意，也是以凌志文为代表的浙江茶商们总能跟上时代脚步的秘诀。

2000年，北京市商业委员会正式命名马连道为"京城茶叶第一街"，马连道被北京市评为当年"十大特色商业街"。

同年，马连道所在区政府修缮并拓宽了马连道的路面，广外街道办事处则展开了一系列大刀阔斧的道路整治和美化工作。

当时凌志文店铺所在的批发市场建设报批手续并不完备。在周围老板还在打赌会不会拆迁、打算卖一天是一天的时候，凌志文果断在当时租金最高的北京国际茶城再租下二楼电梯正对的一间黄金店铺，同时将店面升级为"茶空间"，开发茶艺培训、茶叶品鉴等消费场景，两家不同定位的店铺开始"两条腿走路"。

时间会犒赏有准备的人。3年后，老茶城拆除，而凌志文的新店铺，已经成为北京国际茶城最有影响力的店铺之一，拿下了狮牌西湖龙井、宋茗安吉白茶等一系列大品牌的京津冀地区独家代理权。

2020年，北京市发改委批复了马连道公共空间改造项目，马连道的定位从"茶叶第一街"变为"茶文化第一街"，外部环境再一次进行跨越式升级，通过提升公共空间的茶文化属性，打造茶文化高品质街区。

为此，凌志文创立了自己的茶饮品牌，特意把企业取名为朴茶集茶文化发展有限公司。公司展开茶文化直播、茶文化沙龙、茶文化讲座等一系列新式的文化体验休闲空间，也依托抖音、淘宝等线上平台开展对年轻消费群体的探索尝试。

从批发空间到经营包装，从茶艺课程到茶文化圈，浙商的"茶叶"变为"茶"。凌志文告诉我们，马连道有了最新的街区定位：让文创、科技、金融、大数据等多元产业与茶产业融合共生。

"'跟上时代'，简单四个字，对我们来说，并不简单，"在凌志文的店里，这位勇于改革的浙江茶商对我们说，"当然，我还是相信，只有改变才能踏出新生之路。"现在的他正与相关策划机构探讨科技赋能的茶空间转型，希望抓住这个机会，迎来再一次飞跃。

茶农、茶商，都是茶人

李政明，浙江磐安人，茶品牌茗正堂创始人。

茶农出身的他，初到北京以经营磐安生态龙井茶发家，后来以经营安吉白茶为主，在安吉建基地、抓质量，所经营的企业是安吉县品牌知名度较高的企业之一，得到了当地政府的大力支持，高峰期年销售额一度达到 4000 万元，也算是端稳了饭碗。

几年前，一位做企业采购的老客户向李政明提出自己的困惑：目前，市场上同质化的茶叶产品很多，仅从外表很难区分，当一个普通消费者面对多种安吉白茶时，如何区分口感？如何区分品质？如何区分档次？

"做属于自己的品牌，不只是简单起一个名字，更要有自家茶叶和市场上同类茶叶的不同之处，还要明确茶叶的不可替代性，争取做到一个品类的极致。"在这样的思路下，李政明打算从安吉白茶新品种进行布局尝试，力争打造出一条只属于自己的"毛细血管"。

要做到极致，李政明抓住两个关键点：一是关注比一般安吉白茶白化度更高的品种"皇金芽"，进行培育、试种、扩种，并推动安吉昆铜的姚坞和横岭两块茶山基地进行品种对比试验。

二是与中国农业科学院茶叶研究所等机构合作，挖掘"皇金芽"品种独特的高氨基酸等特质，同时积极申报农业农村部的国家非主要农作物品种认定登记。

培育新品种就像养孩子，是个漫长的过程，一般需要 10 年起步，投入大、风险高。之前几十年在马连道攒下的老本，都被李政明用来创立新品种。有人打趣，说李政明一个茶商揽下了当地农业部门的活儿。这样的投入值不值得？

"永远往上游进发！"经历过马连道形形色色的市场、来来往往的品类，李政明有自己的生意经。他认定，不管马连道这条街区如何转型，如何"瘦身"，只要拥有独一无二的茶叶品类，就永远会在马连道上拥有自己的一块落脚地。

通过李政明坚持不懈的努力，"皇金芽"在市场上渐渐崭露头角。2023 年 3 月，北京茶业交易中心举办"我和春茶有个约会"媒体交流会时，就特地选了李政明的"皇金芽"向大家讲解、进行冲泡体验。

事实上，进行茶叶新品种选育及推广的浙江茶商，不止李政明一个。

北京知名茶企北京更香的创始人俞学文，就深度参与创立了"武阳春雨"这一浙江武义县的茶叶公用品牌，打造了一款连续被评为"中国放心茶推荐品牌"的农产品地理标志保护产品。俞学文自己也获得 1 项发明专利和 12 项实用新型专利，以及"全国十佳农民"的荣誉。

据一名了解马连道茶叶市场的业内人士介绍，以往马连道的茶商中超过七成是小规模运营的夫妻店，其中又有近八成茶商是外地茶农，没有自己的品牌。于是，马连道茶叶街的市场份额逐渐被更多大品牌挤占，

凌志文为年轻消费者准备了便携冷泡瓶和随行杯

李政明（右一）在安吉昆铜姚坞进行"皇金芽"的品种对比试验

茶叶市场的两极分化趋势更加明显。

从茶农到茶商，再到新茶人，这些浙商勇敢走出舒适区，在一波波的浪潮中，努力站上新潮头。

风又起，如何抓住数字时代机会？

时代的大潮还在奔涌不息，一路向前，茶产业也一直在迭代，在升级。

2021 年 5 月，商务部、发展改革委、工业和信息化部、农业农村部、海关总署、市场监管总局、中国贸促会联合印发《商品市场优化升级专项行动计划（2021—2025）》，强调要培育一批商品经营特色突出、产业链供应链服务功能强大、线上线下融合发展的全国商品市场示范基地。国家政策正大力推动专业市场向数字化、综合型消费场所转型。

就在 2023 年 5 月 25 日，北京西城区召开指挥部总结大会，宣布马连道建设指挥部等六大指挥部已完成自己的历史使命，"即将开启新的征程"。马连道的新征程就是重点挖掘茶产业的金融属性和数字经济潜力，推出互联网电商、直播基地、茶山遨游、数字应用等项目，推广茶叶数字化溯源和智慧物流，逐步探索"有限空间里的无限市场"。而在这件事情上，浙商在几年前就开始了探索。

2021 年，俞学文在武义建成浙江省首个 5G 智慧茶园，投用 5G 数字化生产线，实现从"用经验做茶"到"看数字做茶"的转变。在马连道市场里长大的"茶二代"项天宇，将重心放在电商平台以及新兴营销模式上，组建直播团队开启直播带货。浙江省茶叶产业协会驻京企业分会会长项建春向北京茶业交易中心提交了马连道智慧茶仓的建设规划，计划在智慧茶仓的规模、冷库及智能化标准等方面提升服务能级。

"多年来，我接触到的浙江茶商格局大、眼界开阔、对商业灵敏度高，也有极高的茶产业工业化、标准化意识，这和商品市场优化升级的方向是一致的。"北京茶业交易中心总经理李琼毫不吝啬溢美之词。她相信，数字经济本身是浙江的金名片，在马连道的未来发展蓝图中，浙商一定会抓住机遇，找到新的发力点。

马连道的未来，且看浙商，让我们拭目以待吧！

⑥
北京新发地里浙籍大王探访记

北京新发地市场（后文简称新发地）位于丰台区南四环。这里不仅是全国交易规模最大的农产品专业批发市场，负责北京近八成食材的供应，也是亚洲最大的蔬菜水果交易市场。

我们在探访中得知，新发地从 2014 年开始评"十大经营大王"（后文的经营大王简称大王）。"这个称号指的其实就是我们的经营大户。多为单品经营大户，他们深耕一个单品或单个子行业领域，把全国各地的名优农副产品都带到北京市场来。"新发地市场宣传部部长童伟介绍说，"有两个浙江人，他们每次都上大王榜。一个是干果大王徐铨卫，年交易额 2 亿多元，另一个是柚子大王陈德青，年交易额 1 亿多元。很了不起!"

卖干果、卖柚子、卖农副产品，能卖成大王有什么秘诀呢? 带着好奇追寻繁茂的藤蔓，我们开始了在新发地对两位大王的寻访。

敢为人先，不断挑战自我

新发地占地面积 1680 亩，分成 19 个网格化交易区，主营蔬菜、水果和肉类。围绕"农"字做文章，这里有 18 个"农门"（进出口），包括大农门、强农门、喜农门、兴农门、益农门……

在新发地找人，是要用上地图导航的。这里有 2000 个固定摊位，还有许许多多的流动摊点。那些长年奋战在市场一线，用勤劳、智慧和坚韧创造传奇的市场经营户，尤其是各个经营品种的大王们，成为市场发展的脊梁和旗帜。

新发地大牌楼

干果大王徐铨卫，浙江丽水景宁人。

敢为人先、不断挑战自我，是徐铨卫成为干果大王的制胜法宝。

"我来北京 20 年了，"徐铨卫泡上茶，开始回忆，"2002 年，我揣着 5 万元来北京，在昌平天通苑东小口那里开了第一家超市。"做事一向稳健的徐铨卫，在 2001 年时就已经来北京考察了一圈，他说："当时很多老乡在北京开超市，我觉得机会不错，就带着妻子一起过来了。"

"超市开了几年，从 1 家到 3 家再到 7 家，手头也宽裕了不少。"徐铨卫说，他这个人闲不住，想法很多："当时在京津冀一带有 1000 多家超市是我们浙江老乡经营的。我就开始琢磨批发的事情，想把这些店串起来。"那之后，他在北京农产品中央批发市场开了一个批发点，主要给这上千家超市配送干果。

"做干果也是机缘巧合，正好有朋友是做新疆红枣、核桃生意的。"虽然已经过去很多年，谈起往事徐铨卫言语间还是掩不住激动，"2004 年，我人生第一次去新疆若羌，印象太深刻了！漫天风沙，几百公里都是沙漠！"徐铨卫介绍，当时若羌有一个工厂在招商引资，他考察了一圈后，在 2005 年决定盘下一个红枣和核桃的种植基地。经过几年的筹备，基地在 2008 年正式投产。

"但我在干果上赚的第一桶金，不是在新疆，而是在云南。"徐铨卫喝了一口茶说，"2004 年，那时信息传递没有现在这么发达。那会儿，我了解到云南的核桃在产地的价格比北京低很多。我当时其实一点都不懂干果，但我胆子比较大，收了一车运回北京。"这一车货 25 吨，除去运输及其他费用，让敢想敢做的徐铨卫净赚 17 万元。

当然，创业之路也不是一帆风顺的。"电商或多或少改变了我们的生活方式，我在 2005 年开始接触这个行当。"对于新鲜事物，徐铨卫永远保持好奇心和学习的心态。

"当时觉得这个东西挺好的，了解了一番后 2006 年开始运作。"徐铨卫打趣说，自己没文化，"我电脑都没玩明白，别说玩电商了。后来几年亏了好几百万元，我就决定要退出，及时止损。"徐铨卫觉得，做生意胆子要大，敢于走出舒适圈，保持敏感度，但还是要脚踏实地，不能好高骛远。

从那之后，徐铨卫开始专心经营干果生意。2015 年，他被新发地评为干果大王。除了新发地门店的销售，他还给一些大商超、电商供货。

2020 年 1 月，因为新冠疫情，新发地一夜之间成了全国人民关注的焦点，也让徐铨卫损失不少。徐铨卫轻描淡写地和我们聊起这件事："不过也是因为生意的停滞，让我有时间停下来去思考。"2021 年，他开始发展社区团购业务，客户群体不断壮大，营销也更精准。

凭借多年诚信经营的良好口碑、过硬的商品质量和吃苦耐劳的精神，徐铨卫销售的干果品类达到 400 多个，年交易额突破 2 亿元。

记得 2023 年初，徐铨卫告诉我们一个消息：从今年春天开始，在确保干果部分产值的前提下，他准备在水果领域大干一番。

徐铨卫说："2022 年我们销了 1300 多吨的苹果，今年的芒果和香蕉销路也很稳定。"

而今，徐铨卫正忙着做跨国生意：把产自新疆、云南的水果、干果、蔬菜运到柬埔寨和越南去销售，反过来再把产自这两国的香蕉等水果和部分干果运回国内销售。"刚好'满柜'去，再'满柜'回。"他告诉我们，"预计在 2023 年，光是产自东南亚的香蕉就能销售 2 万吨左右。"

厚道诚信，坚守立足之本

柚子大王陈德青，浙江台州玉环人。

　　"别人都说我'愣'，就是做一件事情，很专一。"对话时，陈德青这么自嘲。

　　深入了解后，我们发现他所说的"愣"，是厚道，也是浙商立足之本：诚信。

　　说起陈德清和柚子的渊源，要追溯到1986年。"那年我初中毕业就出来做事了，学习修车，"他说，"也是在那年，我爷爷承包了村里的文旦种植。"陈德清回忆，他当时观察到家乡的文旦种出来了，但是销路很不好，"基本是当地自产自销，最远也只卖到温州，价格很便宜"。

　　转折发生在1992年。"这一年我送弟弟去江西九江上大学。回来途中，我一个人在西湖边逛了一个下午。"这一逛，让他逛出了一个商机，直接影响到他此后的人生轨迹。

　　当时，他在西湖边碰到了两个杭州本地人，一个是龙井茶厂职工，一个是丝绸厂的。他们俩听说陈德青是玉环人后，都表示玉环的文旦很出名，厂里每年都拿来作为福利分给员工，并且建议他可以尝试走走这条路。

　　就是这次偶遇，让陈德青开了窍，从此与柚子结缘。他说这是他的生意启蒙，因为在他家乡文旦最好吃的季节，每斤能卖到的最高价格也就0.7元到0.8元，但是运到杭州以后，价格就直接翻倍了。

　　"回来以后我就想，既然这些单位都有需求，我们何不把市场从这个口子打开呢？"和家人商量之后，21岁的陈德青着手开拓市场，带着家乡的文旦走上闯市场之路。那一年，他卖掉了10余万公斤文旦。除了杭州，后来他还逐步把文旦销往上海、江苏等地。

　　1995年，陈德青又做了一个选择。这一年，他接触到了福建平和的琯溪蜜柚，发现柚子的市场很大、很广阔，就逐步把自己的生意扩展到全国的柚子品类。

后来，陈德青的家人来北京扩展柚子生意，他也于 1997 年来到北京，蹲点大钟寺农副产品批发市场（后文简称大钟寺市场），一下子卖掉了 50 多万公斤柚子。

2006 年，随着大钟寺市场外迁，他进入新发地。陈德青表示，当时他们的生意已经扩展到了上海、沈阳、长春、哈尔滨等地。"人手少，有点管不过来。我觉得想要做精、做大、做强，得集中精力从一个市场开始，慢慢发展。"他回忆。

因为始终坚持质量至上又诚信经营，陈德青在新发地的柚子生意蒸蒸日上。销量最好的时候，他一年卖掉柚子 3 万多吨。

在新发地卖柚子，是个苦活。因为是露天交易，夏天暴晒、冬天吹风，这种苦不是一般人能够忍受的。"2006 年我们刚来时，柚子场地并不固定，经常得搬来搬去。后来我们和市场沟通，到 2008 年就有固定的柚子交易区了，"陈德青说，"这里治安特别好，很好地保障了我们经营户的利益。"

做生意很难永远一帆风顺。2013 年，陈德青也栽了一个跟头。在经历了 2010 年的"蒜你狠"[①]市场波动后，2011 年，他也开始搞起了副业大蒜储存。"第一年赚了百八十万元，第二年赚了点利息钱。2013 年没看准行情，亏了 1000 多万元。"

有多少能力做多大事，是陈德清一直信奉的理念。这个他不经意间谈起的例子，让他更加坚定了这种想法。自此，他稳扎稳打地推进柚子生意，并在 2015 年被评为新发地的柚子大王。

2016 年，也是他来新发地的第 10 个年头，陈德青又调整了自己的

---

① "蒜你狠"：指 2010 年大蒜市场价格疯涨超过 100 倍，且超过肉和鸡蛋价格的现象。该词被收录入 2010 年十大网络流行语。

陈德青和他的柚子

经营思路。"做生意也要通过不断学习，才能使自己进步。比如品牌化的理念。2016 年开始，我觉得不能一味追求量了，要追求品质。"他认为把品质做好了，信誉就来了，这是一个良性循环。

新冠疫情对新发地很多商户造成了巨大冲击，但陈德青说他受到的影响并不大。"当时，一部分商户选择去了河北省高碑店，我也把一部分业务转移到了那边。"

两条腿走路，让陈德青大大降低了经营风险，也让他安然渡过难关。

低调朴实，扎根市场成长

别看这两位大王年交易额不小，平时行事却十分低调、朴实。

作为新发地干果大王，现在徐铨卫的事业已经遍布北京、上海、新疆、山东、杭州、深圳等地，但他在北京没有一个像模像样的办公室。

他家干果批发的摊位，位于新发地三农门附近的国际农产品会展中心附近。就在这个不到 100 平方米的简易空间里，有一个小小的茶室，而这，就是他在北京的会客厅。采访组对他的多次采访，也是在这个非常接地气的茶室里进行的。

陈德青也是如此。虽然目前有了员工，就连品牌管理也有专人负责，可陈德青只在柚子芒果交易区旁边的简易平房里简单摆了一张茶台接待客户。"骨子里，我就是一个勤劳朴实的浙江人。"他说。

是啊，"一见阳光就灿烂，一遇雨露就发芽"，和千千万万的浙商一样，徐铨卫和陈德青就像两颗种子，凭借着诚信、胆识、勤奋和口碑，扎根北京新发地的土壤，不断成长，最终炼成行业"大王"。

❼
浙籍大王有新篇！

一场风雨之后并非全是狼藉一片，更有对未来的思考。

2023 年 5 月，我们在新发地采访时发现，抗疫防疫过程中，新发地一度关门停业，引发人们对传统市场如何才能更好发展的思考。

浙江绍兴人葛梅胜，已在北京居住了 35 年。他住北五环，从他家到位于南四环的新发地，直线距离 20 多公里。葛梅胜说，新冠疫情过后，每隔半个月，他都要开车拉着妻子一起去新发地采购一趟。"那里蔬菜、水里品种多，新鲜又便宜，很划算。"他告诉我们，"新发地国际农产品会展中心还有个四川馆。这个馆的产品，我们也经常采购。我妻子是四川人，可以解解乡愁。"

"走进新发地，吃遍全中国"，这是新发地的对外宣传口号。市场宣传部部长童伟说，三年多抗疫防疫历程后，人们对新发地热情依旧，但给他们和大王们提出的最大的问题是：如何做强品牌？如何进一步加强批发市场供应链能力建设？如何增强市场的抗压性和成长性？

这也让我们好奇，浙籍大王是如何在新发地里谱写新篇的？

新发地浙籍大王的品牌战略

还是从干果大王徐铨卫的一段经历说起。

2020 年春天，因新冠疫情影响，徐铨卫的一批货物全部被销毁，造成直接经济损失 800 多万元，他一时愁容满面、愁绪满怀。

徐铨卫至今还记得，是"品牌化战略 + 社区团购"让他迅速走出困境。早在 2006 年，也就是进入新发地市场经营 3 年后，嗅觉灵敏的徐铨卫就开始注册商标，拥有"塞外罗氏""红尔素""美人果""香谷里拉""甘果部落"等商标，有的还是全品类商标注册。"新疆产品，我用'塞外罗氏'品牌；云南产品，打的是'香谷里拉'商标；干果，用'甘果部落'；青椒、番茄等农产品，则是'红尔素'。"徐铨卫说。

徐铨卫说，目前他手机里有北京、上海、山东等地上千个社区团购"团长"的微信和电话，并为他们提供货源。也正是这些看中诚信和质量的"团长"，让徐铨卫走出困境，看到希望。

柚子大王陈德青的品牌意识很强。在他看来，品牌既是产品辨识度的前提，也是积累消费者口碑的基础。

1998 年，还在大钟寺市场做柚子生意的他，就开始打造自己的品牌"奇帆"。2005 年，也就是他正式进入新发地市场的前一年，他不仅注册了公司，也注册了"奇帆"商标；而他注册的公司名称，就是"浙江玉环奇帆柚业有限公司"。

曾经，小小柚子能在陈德青手里创造一年卖出 3000 多万公斤、年交易额超 1 亿元的奇迹。"我文化水平不高。人民对美好生活的向往，让我逐渐意识到品质化、品牌化的重要性。这是一个不断学习、不断进步的过程。"

"吃柚子，就'奇帆'，这是我的理想。如果能做到这样，说明我真的是做大做强了。"陈德青说。

坚持品质和品牌，也给了陈德青丰厚的回馈。他不仅给百果园、果多美、信誉楼等商超供货，还跟拼多多等电商签约。而这，也是他安然渡过难关的秘诀。

徐铨卫在自己创办的公司的办公室里

读懂这盘正在下的大棋

再来说说新发地批发市场管理者。新冠疫情过后，新发地市场管理方迅速作出反应，积极引导市场 19 个网格化交易区的 4500 多家经营户，通过种植基地、物流、分销渠道等的高度信息化、数字化建设，探索形成农副产品全产业链闭环。

"新发地市场是一个农副产品交易平台，我们也把它看成一个大品牌。新发地这个品牌可以赋能经营户，在种植基地建设等方面扶持他们做大做强，走好升级之路。"童伟这样介绍。

而这升级之路，无疑是一次发展方式的自我革命，从产业链建设入手，改变的远不只是市场信心。它带来的，是广大经营户营销理念的改变；从根本上说，是一次发展理念、发展模式的变革与重塑。

据了解，新发地市场主营蔬菜、水果、肉类三大方向。仅蔬菜，就有 184 个种类；水果，168 个品类。童伟表示："相关品种，还在不断扩张中。'市场搭台、商户加入'，我们成立新发地供应大联盟，想从种子、品控、分拣等环节，引导经营户走好集约化、产业化、标准化、规范化之路。"

以种植基地建设为例。目标是鼓励经营户打通农副产品产业链上下游。以市场需求为导向，从包地集约农户手中的流转土地开始，到种子供应、技术指导、化肥使用，还有农副产品收获后的集中分拣，及其后的分销渠道，全程实现产业化、标准化、规范化，确保产品质量。

"种植基地建设，也是我们想走并且未来必然要走的一条路。"徐铨卫说，目前他已在这条路上摸索着前行，开始产生效益了。

作为干果大王，徐铨卫家干果产品 400 多个品种的 40% 产自新疆。2021 年、2022 年，他与朋友合伙，陆续在新疆签约了 1 万多亩流转土地，其中 3000 多亩位于阿克苏，12000 亩在和田县和墨玉县。对于这些土地要种植些什么品种，徐铨卫也安排得妥妥帖帖：在阿克苏，他种的是苹果和葡萄；在隔河相望的和田县、墨玉县，安排的是大枣和杏子等。"我们还准备了 50 到 100 个大棚，试种一些蔬菜，以社区团购为主，走定制种植，同时供应给商超。"徐铨卫表示。

徐铨卫还说："多年来，我们在新发地积累的分销渠道，刚好发挥作用。从提供种子开始，中间技术把关，最后实现回购，品质保证，风险可控；而且从农户到我们，都可以增加收入。何乐而不为？"

截至 2023 年初，在新疆跟徐铨卫签约的已有 300 多个农户家庭。"高质量的特色农产品，可以让这些农户在家门口实现就业，共同致富。这样，新发地就成了这些农户的'钱匣子'。我觉得这件事很有意义！"徐铨卫说。

与此同时，徐铨卫正在对接浙江衢州的一个土地承包大户，双方考虑合伙在那里盘下 2000 亩土地，种上葡萄和特色菜品，主供上海市场。他说："我是丽水景宁人。家乡的农副产品，只要不亏，我会全力去推。"

陈德青走的，则是"果农＋公司"联盟的路径。

买卖柚子 20 多年，陈德青对全国柚子品种了如指掌。海南柚子、西双版纳东试早柚、广西凭祥蜜柚、广东梅州沙田柚、福建平和琯溪蜜柚、江西广丰马家柚、湖南澧县苹果柚……一番深思熟虑后，他选择了福建平和琯溪蜜柚进行试点。

琯溪蜜柚距今已有 500 多年的栽培历史，从古至今久负盛名。"带有'金钱印'的琯溪蜜柚口感最佳，可惜已经失传。"陈德青说自己有个野心，他想和技术人员、果农一起努力，共同做好琯溪蜜柚栽培技艺传承，找回"金钱印"。

他在琯溪蜜柚主产地福建省平和县单独注册一个公司：福建平和农

业科技发展有限公司。公司与当地 50 到 60 个农户家庭签约，走订单式农业之路。"既为果农解决销路，也有助于我们走好品质化、品牌化之路。"陈德青说。

在陈德青看来，这样的模式是他这个柚子大王与果农间的双向选择，也是一次"双向奔赴"。"我要挑选的，是勤快、实在的果农，而且他家果子还得质量过硬，"他说，"反过来，他们也可以挑选我。"

陈德青说，"果农＋公司"联盟的发展模式如果试点成功，柚子的全产业链就能在他这里形成闭环，更能保证大家吃到质量上乘、品质安全的中国柚子。

徐铨卫和陈德青两人要做的事，就是对原有的供应链进行完善和改造，创建多样化和有弹性的现代化农副产品供应链，以此来应对市场挑战，实现事业发展。

以新发地为支点，通过各个大王之手，对市场和农户进行奇妙链接，从而形成产业链闭环，这也是新发地助力农民增收、振兴乡村之举。

8
浙江人激情"冲浪"北京中关村

作为中国第一科创高地,北京中关村闻名遐迩,充满想象,让人憧憬。

40 多年前,中关村这个地方还是农田和菜地;直到改革开放初期,附近科研院所的科研人员走出研究所,兴办科研经济实体,形成了"中关村一条街",一直发展到现在。

如今,中关村成了中国科技与创新的代名词。

有那么一批浙江人,他们凭借自己的聪明才智和手中的技术活,与中关村共成长。这是来自浙江的一群"最强大脑",在中关村这片神奇土地上,书写着他们"冲浪"的精彩。

林龙:让家乡亮相"世界第一屏"

林龙,浙江省三门县花桥镇人。

林龙是 2003 年来到中关村的。彼时,中关村作为中国科技产业雏形尚在孕育。虽然学的是新闻专业,因自家学计算机出身的姐姐在中关村工作,林龙对中关村情有独钟。

大学毕业前,他自己搞了一次勤工俭学尝试:在中关村卖桶装水。这次尝试,不仅让他成了"班级首富",也让他迅速对中关村业态有了直观认识。

2005 年,林龙以自己所长,与朋友合作开了一家互联网推广公司。"就是 IT 产业链中的一个服务商,我们帮科技企业做好品牌推广、市场

年轻的林龙通过电脑熟悉刚刚兴起的互联网

调研以及简单数据分析等，"林龙说，"相当于是 IT 行当的市场顾问和市场战略策划师"。

不经意间，林龙赢得了"中关村第一写手"的美誉。不计其数的初创企业，就连我们现在耳熟能详的联想、方正、阿里巴巴、网易、爱国者等企业，都是他的客户。

到 2012 年，林龙在中关村赚到了人生第一桶金。但他没有离开互联网，而是一直致力于在互联网传播中国文化，探索着用互联网服务大众。他的努力，逐渐得到了业界认可。

2019 年 5 月，他参加亚洲文明对话大会，作为"关于亚洲文明与自信"专题沙龙论坛嘉宾。2020 年 11 月，他受邀出席 2020 胡润百富青年领袖论坛。在大会交流发言时，他说："青年的创业精神不分大小，向善向上是最为关键的精神指引。青年人更多的是要履行力所能及的社会公益责任，用自己的技术与资源尽力陪伴更多的青年一起实现梦想。"

"置身中关村近 10 年，你觉得中关村故事或是中关村现象中，最精彩的是哪一部分？"采访组曾这样问他。

"中关村的电子卖场里，人头攒动，柜台挨着柜台；这里的夜晚灯火通明，酒吧生意火得不得了，大家都在讨论技术，到处都是'互联网的孩子'。在这个环境里，大家是平等的、自由的，没有高低贵贱之分，"林龙解释说，"我们只佩服技术活过硬的。只要你有本事，能敲代码编写软件出来，并且被人买走能够变现，就是一个字，'牛'！"

有一件事情让林龙至今感到很骄傲。2018 年 12 月 4 日，他让家乡三门县的巨幅宣传海报，亮相美国纳斯达克广告屏。

作为美国时代广场的标志性建筑，纳斯达克半圆柱形巨幅屏历来都是世界顶级优秀公司的秀场，被称为"世界第一屏"。据悉，这是纳斯达克广告屏历史上第一个中国乡村的广告。

那次，三门县花桥镇在那个屏上狠狠秀了一把。海报上，"花桥归去不知味"一行大字配着花桥镇"海上田园摄影小镇"风光照，与"故乡中国·三门"等字样一次滚动播放 10 秒，每天滚动 10 次，共播出 2 天，分外吸睛。而林龙做成这件事，也是机缘巧合，他和纳斯达克广场广告屏中国区负责人是朋友。

"我在朋友圈经常发一些有关故乡的图片抒发思乡之情，特别是三门的美食。不经意间的真情流露，被那个朋友看到了，他几经琢磨，建议可以借'世界第一屏'传达热爱故乡的正能量，"林龙说，"最后就正式定下三门'花桥归去不知味'这个主题。"

鲍岳桥：再造一个"车库咖啡"

在中关村，浙江余姚人鲍岳桥是一位编码奇才。

作为 UCDOS 汉字系统的发明人，他曾在 2004 年被 CSDN（Chinese Software Developer Network，中国专业 IT 社区）主办的《程序员》杂志报道。那篇名为《影响中国软件开发的 20 人》的文章里，鲍岳桥和张小龙、丁磊、求伯君、李开复等名列其中。

1989 年，鲍岳桥从杭州大学（现浙江大学）数学系计算数学专业毕业后，进入杭州橡胶厂当了一名技术员。他在实际工作中发现，当时的汉字输入系统一点也不顺手，就利用一个月的业余时间编写了 UCDOS 汉字系统。"因为是从实际应用需求出发，所以一写出来就在厂里得到应用，反响挺不错的。"鲍岳桥说。

作为发明人，他咬牙花了一年工资 1028 元在《计算机世界报》上登了个小广告，想看看社会反响。

这一试，彻底改变了他的人生。

"没想到挺火的！有不少人给我汇款，购买这套系统。"鲍岳桥说，"一下子，让我赚了好几万元。"

想到自己在厂里工作，一年到头才那么点工资，鲍岳桥坐不住了。刚好那会儿北京希望电脑公司①（后文简称希望公司）向他伸出了橄榄枝，1993 年，鲍岳桥入职希望公司，来到了北京。

20 世纪 90 年代，UCDOS 系统的国内市场份额超过 90%，几乎所有电脑都装了这个软件。

可鲍岳桥天生是个爱闯荡的勇敢者，没有停下脚步。

1998 年之后，随着 Windows 普及、互联网出现，他又一次抓住了风口。这次，他和朋友作为创始人，合作开发了联众游戏——一款在线棋牌休闲娱乐工具，2001 年初就有用户 700 万，鼎盛时期，联众拥有注册用户 5 亿多，同时在线用户 100 多万。2004 年，因为股权结构问题，他把联众游戏卖了，顺利套现 1400 万美元。

"前面几次创业，虽然都赚了钱，但因为不懂资本和股权等细节问题，还是吃了哑巴亏。"回想起来，鲍岳桥说，创业让他在资本市场里游泳，他也就慢慢明白了怎样才能游得更好。

把联众游戏出手后，这位曾是很多程序员心目中偶像的人物在公众视线中"消失"了很长一段时间。

"实际上，我花了 7 年时间，开着越野车行走在沙漠和昆仑山无人区。边行走边思考，遇到合适的项目，就回北京做一把投资。"鲍岳桥说，"我喜欢冒险，喜欢干从 0 到 1 的事情，做投资也基本是投天使轮。但我有个原则，就是只在自己熟悉的领域里投。"

---

① 北京希望电脑公司：创立于 1985 年，现为北京中科希望软件股份有限公司，中国科学院控股企业。

那些年以来，他投资的都是跟 IT 相关的项目，陆陆续续投了七八十个，大部分项目就在中关村。他说："我做 IT，纯粹是因为发自内心的喜欢和热爱。"

中关村让他留恋，也时时促使他产生创业灵感。2023 年，他又和朋友合伙再运作一个项目，打算再造一个"车库咖啡"。

车库咖啡，位于北京海淀区海淀西大街 48 号鑫鼎宾馆 2 楼，鲍岳桥是创始人之一。自 2011 年 4 月开业后，这里很快聚集了一批拥有创新技术、怀揣创业梦想的创业团队。在车库咖啡，创业者只需每人每天点一杯咖啡，就可以享用一天免费的开放式办公环境，同时还有机会获得天使投资的青睐。这一新颖的运营模式，不断吸引着新的创业团队"入驻"。

"总共 800 平方米的营业空间，不以营利为目的，每天吸引好几千人在此自由地探讨，也有无数以 IT 为背景的活动举行。创业的、找融资的、谈合作的，你说它是思想的碰撞地也好，IT 技术界的乌托邦也罢，反正就是热闹。"鲍岳桥说，"当然，资本也蜂拥而至，就连步行上楼的楼梯两旁的广告位也是抢手得很。"

车库咖啡之所以出名，还在于从这里出去的无数企业如今不少已成功上市，"这些企业的市值，全部加起来已超过一万亿元人民币！"

早期的车库咖啡，2015 年时已换人经营。现在，鲍岳桥想再造一个"车库咖啡"，他称之为"人工智能高地"。地方也选好了，就在西城区马甸一带。

"人工智能 AI 时代已经到来，这个新的空间，我们就主打 AI 主题，以此带领更多人关注 AI、理解 AI，并最终推动相关技术进步，"鲍岳桥表示，"届时，在这个 2 万平方米的空间里，可以展示全世界最先进的 AI 技术；围绕 AI 的学习、交流、创业、投资、活动、孵化等，都

这句口号，曾经让多少人热血沸腾

中关村

可以进行。"

"也许有人会说：看，这又是一帮疯子！但我觉得充实而有意义。"鲍岳桥补充说。

曾经，我们追踪他到了西城区马甸。说来也是奇怪，这个简易得不能再简易的屋子，隔壁还堆满了装修材料，前来找他当面聊的走了一拨又来一拨。"听说我搬来这里，最近两三个月，已有1000多人到过这里。"鲍岳桥告诉我们。

就凭这一热度，他对"人工智能高地"充满信心。

驻京干部：中关村是浙江在京招商引才的富矿

中关村魅力无穷，被称为"中国硅谷"。

以中关村电子一条街为圆心，3公里半径内，中国科学院、北京大学、清华大学、中国人民大学、北京航空航天大学、北京理工大学等科研院所及国内知名高校林立。

中关村的崛起，可谓"天时地利人和"。科技和创新，关键在于人才。在中关村，正是由千千万万个科技人才组成一支庞大的科技大军，推动着这个"村"不断前行。

"敢为天下先"，这是中关村与生俱来的气质；敢于勇立潮头做时代弄潮儿，这是浙江人的秉性特征。那么，中关村现在与浙江进行着怎样的链接呢？

"中关村是浙江在北京招商引才的富矿，"金华市金东区驻京招商引才分部部长金红锵这样告诉我们，"那里的技术、项目和人才，深深吸引着我们！"

金红锵提到了中国科学院计算技术研究所的胡伟武博士。在胡伟武博士的帮助下，总投资 12 亿元的龙芯测试线项目已成功落地金华市金东区。这是我国首个完全自主研发的 CPU（中央处理器）产品测试线，项目共分两期，截至 2023 年 4 月一期已开工建设。

胡伟武，中国科学院计算技术研究所总工程师、龙芯总设计师。他是"龙芯 1 号"的主要研发者之一，而后又主持研制了我国 CPU 关键核心技术"龙芯"系列芯片。

2002 年 8 月 10 日，安装着"龙芯 1 号"CPU 的计算机成功启动，终结了中国人完全依靠进口 CPU 制造计算机的历史。2021 年，胡伟武领衔的龙芯中科正式发布龙芯自主指令系统架构 LoongArch，这标志着龙芯中科在自主信息技术体系和产业生态建设方面已走向完全自主发展。

"胡伟武是咱们永康人。中关村一带的在京浙江籍乡贤是浙江各地驻京招商干部着重借力的'外脑'之一。他们有技术、重乡情，反哺家乡非常上心。"有此感慨的，是金华永康市驻京招商引才分部部长林华雄。

林华雄举了个例子：永康被誉为"五金之都"，五金作为这里的传统产业，其产业集群面临着如何强链补链延链的课题。2022 年中秋节，从林华雄等驻京招商干部这里了解到永康五金产业的现状后，胡伟武马上携手一群永康籍在京博士和专家，以"永康博士专家联谊会北京分会"的名义，给永康市委、市政府提交了《关于发展永康"数智五金"的建议》。

跟胡伟武一样热心的，还有中国科学院院士沈保根。

沈保根，浙江平湖人，主要研究方向为磁性物理与材料、稀土资源开发与利用等。他带领团队研究的稀土永磁材料，在我国国民经济和国防建设上都发挥着至关重要的作用。

众所周知，我国的稀土在全世界有着举足轻重的地位。20 世纪 80 年代末，我国开始在稀土资源开采、冶炼分离和材料生产等领域建立了全球优势地位。自 1995 年以来，中国一直保持着全球稀土市场供给度 90% 以上的领先地位。

浙江的稀土资源并不多。在浙江省"鲲鹏计划"① 支持下，沈保根牵头在宁波成立了一个磁性材料应用技术研究中心，即稀土永磁材料生产基地，其生产量占全国的 40% 以上。永磁材料在电机中的应用，对我国的工业发展、国防建设都有重大意义。

目前，该中心的主要工作分为两个方向：一个方向是做材料的性能提升；另一个方向，是做材料的应用研究，涉及磁动力有关的应用领域。

在全国两院院士（中国科学院院士、中国工程院院士）中，在京的浙江籍院士共有 100 余位，其中相当部分就在中关村一带。近年来，正是在这些在京院士支持下，不仅促成了一批重大项目落地浙江，也有效促成了在京顶尖人才资源赋能浙江。

这也再一次印证："地瓜经济"为什么了不起？因为有繁茂的藤蔓吸收阳光雨露，反哺根茎。

---

① 指 2020 年浙江省正式启动实施的顶尖人才"鲲鹏计划"，力争未来 5 年在高新技术领域集聚 100 位左右具有全球影响力的"灵魂人物"。

··· 第二章 ···

打卡探访京城里的
浙江元素

⑨
从北京故宫到浙江温州，跨越时空的文化中轴线

"北京独有的壮美秩序"，由中轴线而产生。

作为"京城之脊"，北京中轴线南起永定门，北至钟鼓楼，全长约7.8 公里，被建筑学家梁思成盛赞为"全世界最长、也最伟大的南北中轴线"。

故宫作为世界上最大的宫殿群，位于北京中轴线的正中，旧称紫禁城。这里曾居住过 24 位皇帝，是明清两代的皇宫，现辟为"故宫博物院"。

故宫是世界文化遗产，也是文博文保单位，同时又是著名的旅游景点，还是一个研究机构。

对许多人来说，故宫很神秘！但对有些人来说，故宫承载了太多的中华优秀传统文化。在这块宝地上求学、做研究，深入挖掘其承载的五千年中华文明，是一件很幸福的事情，他们乐此不疲。

这里，我们给大家讲述的是故宫博物院博士后池浚，一个去年从故宫出站的温州人。

故宫文化 IP[①]，让传统艺术"活起来"

池浚，40 岁出头，是位多才多艺的江南才俊，曾担任庆祝中华人

---

① IP:intellectual property，原意为知识产权，在当下的文化语境中，主要指具有较大影响力的文化产品或文化形象。

2021 年 7 月 1 日，池浚在天安门广场

民共和国成立 70 周年大会广场群众游行总撰稿，庆祝中国共产党成立100 周年大会广场活动总撰稿，大型情景史诗《伟大征程》文学主创。

作为故宫博物院博士后，池浚在宫廷音乐与戏曲研究所研究清宫戏曲、乐舞等宫廷文化生活。

"我在故宫修文物。我们修的是'戏'，也是宫廷演剧这件'事'。"池浚说，"我们只是走了第一步，做了一些最基础的工作，根据目前已开掘的文物和文献，在文化史论和艺术规律上进行初步研究。将来这些研究成果会转化为现实生产力，成为舞台上新的样貌。这需要几代人为之努力，需要我们的后人接续奋斗、继续前进。"

池浚是国家京剧院一级编剧，是戏曲创作和研究专家。戏曲融入生活，是他一直秉承的理念。

缘于此，他始终抱着"活态化"的精神，让收藏在博物馆里的文物"活起来"，让宫廷文化回归生活。"我不喜欢掉书袋。我的研究始终把成果转化和实践应用作为目标。我的'宫廷戏曲梦'，是创造性转化、创新性发展，是要让'旧时王谢堂前燕，飞入寻常百姓家'。"池浚说。

在他看来，故宫里有很多文化 IP。"让这些历久弥新的优秀传统文化 IP'活化'，让它们'转化出来''应用起来'，就是培育文化品牌、构建文化生态、发展文化产业，在建设中华民族现代文明中，担负起我们在新时代新的文化使命。"

池浚在故宫开展"清宫三国戏考论"课题研究，以现代理念来看，"宫廷""三国"和"戏曲"都是文化大 IP，"三国戏"具有常演不衰的文化品牌热度。"我为什么研究宫廷的'三国戏'？是因为它不仅在历史上有深厚的文化底蕴，在当代也有广泛的群众基础。"池浚表示，"一旦研究透了，就可以赋能当今文化事业，让'三国戏'焕发出更加多姿多彩的时代光芒。这就是守正创新，在传承中发展。"

就演出形态而言，他需要通过研究去揭秘：宫里当年怎么排戏，怎么演戏；演了什么戏，由谁来演；演戏时穿什么服装，用什么道具；在哪个戏台上演，演出来是什么样子；在什么事件背景下演，演出起到什么作用；宫里演戏有哪些规矩，什么要求；演出过程有哪些讲究，什么故事……

比如清宫"承应戏"，反映了帝后在内廷的日常生活方式，也是一种文化IP。"清宫内廷承应戏常常在节令、庆典等场合演出，其重要的仪典性质和供奉功能，往往被当代人忽略。"池浚解释说，"这样的演出形态，在现代生活中也有不小的市场，比如寿诞、婚庆、谢师宴、生日宴、庆功宴等。我们与时俱进，对其进行时代化演绎、时尚化呈现，在宫廷和民俗文化基础上升级为新民俗，打造成为受当下年轻人喜爱的国风国潮，也是体现了'还戏于民''还戏于生活'，把戏曲的生命力延续下来，生生不息，奉献给新时代。"

"文化可以滋润人心。"池浚说，"戏曲是充满仪式感的文化活动。我们不仅要重现当年那段活色生香的宫廷文化生活，更要把这种生活方式的精华提取出来，探索建立一整套仪式典礼的仪程仪轨，体现仪典性，让今天最广大的人民群众感受东方生活美学，享受生机勃勃的文化氛围。"

2023年上半年，池浚与国家大剧院合作，开启"聆听山河"系列艺术沙龙，带大家聆听历经千年、绵延至今的历史余音。系列第一期从中轴线故宫启程，推开紫禁城厚重的朱漆大门，聆听穿越时空的曼妙声音。从《末代皇帝》电影配乐，到"外朝内廷"礼乐氛围；从呈现皇家威严的宫廷礼乐，到展现集各类传统文化于一身的中国戏曲，再到体现礼仪之邦的仪式规范……在"听得见的故宫"中探秘清宫文化生活，讲述故宫里面的有声故事，品读音乐背后的故宫文化。以音乐为引，用沉浸讲解＋现场演奏＋嘉宾互动＋数字体验的方式，让600年的紫禁城在当代"活起来"。

池浚正在与故宫博物院相关部门和文旅团队联手，共同推进宫廷文化IP，将大家耳熟能详的国宝珍藏，以时下流行的数字展馆方式展现出来，让大家沉浸式体验传统文化。

"这是古老的故宫对新时代的贡献，"池浚说，"以时代精神激活优秀传统文化，用艺术点亮生活，让每一个当代人都有机会把日子过成诗，获得这份文化的滋养，表达从古至今中国人对美好生活的向往，畅享这份精神世界的盛宴。"

春节戏曲晚会，让温州文化"火起来"

还记得2023年正月初一晚黄金时间，CCTV-1播出的中央广播电视总台2023年春节戏曲晚会吗？这场在浙江温州录制的晚会，让南戏故里温州，瞬间爆火出圈，"#2023央视春节戏曲晚会#"这个话题在网络上被很多95后、00后观众包围。

池浚就是这场晚会的策划、撰稿。

南戏诞生之日，就是中国戏曲形成之时，南戏故里就是中国戏曲艺术的发源地。两年前刚认识池浚时，他这么告诉我们。彼时，温州戏曲还没有"火爆出圈"，南戏故里也没有成为如今这般闻名遐迩的"金名片"。

池浚从小喜爱文艺，从某种意义上来说，仿佛是为重振家乡以戏曲为代表的文化事业而生。

他本科毕业于浙江大学人文学院中文系，先后成为中国戏曲学院硕士、中央戏剧学院博士、故宫博物院博士后。2022年下半年，他曾经

2021 年 2 月 16 日，池浚在天安门城楼实地考察

表示："作为一个从温州走出的文化工作者，我得益于温州山水和文化的滋养。如果说要反哺，我首先要感恩。南戏是温州最重要的文化符号，对于南戏的研究，只能从古典文献里去探寻，在这条探索的路上，必须要有人去坐'冷板凳'。"

他一贯认为，南戏本体作为一种艺术形态已经不复存在，但是南戏精神一直"活着"。南戏"以歌舞演故事"的表演模式，"生旦净末丑外贴"的行当体制，在温州发端和定立的构剧法、审美观，全面奠定了中国戏曲的艺术体系与基本格局，对戏曲的后世发展及当代兴盛，都作出了不可磨灭的贡献。

作为从温州走出的戏曲人，池浚对南戏的研究一直没有中断过。2023 年总台春节戏曲晚会在温州的录制，终于让他不再坐"冷板凳"，并且让"今天的戏曲艺术和历史上的南戏文化实现了一次基因上的对接和传续"。

这是总台春节戏曲晚会创办 33 年来，主场第一次走出演播室，来到户外。温州创立了中国历史上最早成熟的戏曲形态，为中国戏曲树立了样态和范式，具有首创之功。此次在温州举办春节戏曲晚会，打造了新春看戏的新样态和新范式，同样首开先河。晚会主舞台就是南宋时期文人雅士编撰戏曲剧本之地：九山书会。南宋初年，温州城内九山环列，一群书会才人在九山书会编撰南戏《张协状元》，今存全本，是中国迄今发现最早、保存最完整的古代戏曲剧本。

南戏故里的丰厚遗存，丰盈了这场年节大戏的品质与内涵。百位戏曲名家新秀汇聚一堂，在山水实景、大美天地之间为观众献上了一场酣畅淋漓的戏曲盛宴，与东西南北中各地群众、海内外华人华侨一起追根溯"源"，因戏结"缘"，共绘同心"圆"，开启一程知来鉴往、承古铸今的寻根之旅，一展南戏文化一脉千年的深厚底蕴。

作为总台 2023 年春节戏曲晚会的核心主创，池浚从策划创作，到拍摄制作，全程深度参与每个环节。

很多知情人感慨，这台晚会把温州文化元素、南戏故里底蕴展现得淋漓尽致。池浚在幕后作出了无可替代的贡献，这源于他同时作为权威的戏曲专家、深谙温州本土文化的乡贤和经验丰富的电视文艺创作者，绝无仅有的"三位一体"交集优势。

而今回头再看，春节戏曲晚会，到底给温州带来了什么？

"一个最直观的感受是，温州的文化'起来'了！文化氛围在升温，一派欣欣向荣的喜人景象。"池浚说，他很高兴看到这种景象。"温州全城上下，各式各样的文化活动、艺术创作和文化街区的打造更加活跃。"

2023 年"五一"期间，温州首推的"九山书会·大宋戏仓"人潮涌动，每天里三层外三层，持续霸屏"朋友圈"，吸引了近 10 万人前来打卡。尤其是"大宋戏仓"赢得了年轻人的喜爱，出现了黏在摊前撵不走的"小朋友"，也有逛了一圈又一圈的"老小孩"。

作为中国第一个戏曲主题市集，"大宋戏仓"将九百年前戏曲诞生的节点和当代人的生活紧密衔接，融合多元化、年轻化元素，经过融媒体传播，再次让温州火遍全球。

"温州是我热爱的家乡，戏曲是我深耕的事业。能够让这两个挚爱完美契合，这是我的幸福！"池浚说。

文化中轴线，让文旅产业"燃起来"

擦亮温州戏曲这张"金名片"，全体温州人在行动。

2023 年的这个春天，池浚不是在温州就是在回温州的路上。"自大学毕业离开浙江，这一年我回温州频率最高。"池浚说，"最多的一次，

2016 年 12 月，池浚导演的舞台剧《遇见》在温州演出

我在温州待了 10 天，却连回一趟家的时间都没有。"

有人戏称池浚为"N 过家门而不入"的"当代大禹"。回到家乡的日子里，他的行程被各级政府、文化主管部门以及文艺院团、文化活动组织者排满了，都是来向他讨要文化金点子，邀请他身赴文化建设的。

来北京这些年，故宫、天安门广场、国家体育场等这些工作学习过的地方，都在中轴线沿线。池浚说，他的成长受益于中轴线文化的深厚滋养：在故宫，他深耕宫廷戏曲文化；在天安门广场，他磨砺"请党放心，强国有我"铮铮誓言；在国家体育场，他与大家共襄《伟大征程》情景史诗。

受到北京中轴线文化的熏陶，池浚觉得家乡温州也可以打造独具瓯越韵味的"文化中轴线"。从松台山九山书会到五马街、公园路，再到墨池坊、朔门千年古港，一直到瓯江、江心屿。"某种意义上，这是一条我们心中的温州历史文化'中轴线'，连成一线将贯穿温州城内文旅事业的整体规划。"池浚说，"根植温州特有的宋韵瓯风文化底蕴，发挥总台春节戏曲晚会溢出效应，进一步谋划培育文化品牌 IP，挖掘温州文化基因，彰显城市文化资源，拉开温州文化建设大格局，助力温州文化振兴，让南戏故里温州真正成为'中国戏曲之都'，让一脉千年的温州成为千年正青春、风华正当时的文化强市、文化名城，这是我们的共同目标。"

池浚表示："我们要在'四千精神'感召下，发挥温州人'敢为天下先'的精神，对温州文化进行深度挖掘和积极活化，推进文化产业化、文旅业态化，让老百姓成为文化成果的享受者，拥有更多获得感、幸福感。"

如何让传统文化更好地融入当代人的生活？在池浚的构想里，一边是一戏一格、一戏一境的"瓯越人家"小剧场，一边是咿咿呀呀、植根温州土壤的各个剧种。从城市到乡村，走街串巷，萦绕耳边。

在温州市区及各区县，类似"大宋戏仓"的文旅业态包裹中，一个"瓯越人家"小剧场就是一个时尚打卡点。"顶层设计上，小剧场戏剧的创作和运营应作为文化产业链中的一环、综合业态中的一项、整体经营理念中的一个有机组成部分。置身于餐饮购物、休闲娱乐一条龙服务中，活跃在商业街区、旅游打卡热点、夜游经济带内，以小剧场拉动周边业态，以周边业态吸引客流量反哺小剧场。"池浚说。

在温州乡村，戏曲氛围本已比较浓厚。"既有永嘉昆曲、瓯剧等本土剧种，也有越剧、京剧等全国性剧种，还有独具特色的平阳木偶戏，以及和剧、高腔、乱弹等稀有剧种。"池浚说，"温州人自古以来有一种广为流传的生活方式：'嬉嬉吃吃眙眙戏'。温州几乎村村有古戏台，老百姓已经把看戏作为一项重要的文化娱乐和宗族仪式内容。通过邀请戏班为乡亲们演戏来表达心愿或增添生活气氛，这是戏曲艺术的生存状态和文化土壤之一。"

从南戏故里到戏曲之都，从千年商港到幸福温州，池浚欣喜地看到，温州正在以不同维度"走出去"：走进山水，走入生活，走向国际；传统文化正在以更多方式"燃起来"，展现中华历史之美、山河之美、文化之美，彰显中国风格、中国韵味。

⑩
富阳竹纸的故事，在北京前门向世界推广

北京中轴线从起点永定门开始，一路向北跨越天桥，直指内城正门——正阳门，俗称前门。

明代中期，前门周围以及南至鲜鱼口、廊房胡同一带，就形成了大商业区。清代，这里更繁华，大街两侧陆续有了许多专业集市，如肉市、果子市、布市、猪市、粮食市等。

如今，前门大街依然是北京城最热闹的地带。全聚德烤鸭店、都一处烧麦馆、吴裕泰茶庄……名店林立，熙熙攘攘，吸引着八方来客。

有一位江南女子潘筱英，来自杭州富阳。作为非物质文化遗产传承人，她带着祖传的古法竹纸制作技艺，在前门大街创办了越竹斋体验馆，向全世界推广富阳竹纸和中国纸张文化。

"人生在世，都有一种使命吧。我的使命就是传承祖上传下的技艺，并且发扬光大。"潘筱英说，"我还要让全世界都知道，中国是有好纸的！"

繁茂的人文藤蔓，沿着中轴线延伸。让我们一起体验这项传自唐代的竹纸制作技艺，聆听潘筱英只身闯荡京城的传奇故事。

一张竹纸，穿越千年

在潘筱英心里，能"活"千年的纸，才算好纸。

为了这张"好纸"，她很拼。她全年无休，不仅穿梭于北京、富阳两地，有时还要去云南、贵州、四川等地采购一些原材料。"为了这张

越竹斋

纸，我愿意付出。"她说。

我们跟她约了几次，2023 年 6 月的一天，总算在越竹斋等到了她。

从前门大街 72 号一拐，就能看到越竹斋。与前门大街上热热闹闹的景象相比，越竹斋非常幽静。门口栽种的几株丝瓜、竹子，配以屋内的竹帘及纸张独有的香味，瞬间能让你的心安静下来。

"史料记载竹纸有 1900 多年的历史，晋唐时期盛行于浙江。我的家族做了 400 多年的纸。老祖宗留下来的皮镬（用于煮料的大锅）都还在。我特别愿意跟大家分享一些中国古法造纸术的知识……"伴随着高山流水般的古琴声，我们踏进越竹斋时，潘筱英正在跟客人介绍手中的白元书（纸）。

这天，她接待的是一个外国团队，清一色的德国朋友。

从家族造纸历史、从一根竹子到一张纸的过程，以及她自己动手搞研发的艰辛，德国朋友们听得津津有味。

屋内一隅，潘筱英还设置了互动体验的捞纸、晒纸和雕版印刷环节。对于这样的古老造纸术和雕版印刷体验，德国朋友们可中意啦。从上午 10 时到下午 1 时多，她们都乐此不疲。

团队翻译杨晴心跟我们分享了德国朋友的惊讶："就是一些竹子，一些日常生活常见的简易材料，一道道工序下来，却能做出精美的纸张，可以保存几百年甚至上千年。这颠覆了我的想象，非常震撼！"

杨晴心还告诉我们："越竹斋的纸，都是用心在做的，这一点参观者也能感觉得到。实际上不光是纸，它还传承了中国的纸张文化。"

这是一批热爱中国文化的国际友人。平时，她们经常在一起交流中国茶艺、中国书画。"她们眼光都有点'挑'、有点'刁'的。我带她们来看的，不仅要体现中国特色、中国韵味，还得是审美到达一定高度，能够代表我们国家在这方面最高水平的东西，比如越竹斋的古法竹纸。"杨晴心说。

这个 400 多平方米的空间，还能举行展览。当天下午，一个主题为"雅风"的书画作品展在这里开幕。这是安徽省书协副主席李明和画家王小椿的书画合展，他们作品用的纸，都来自越竹斋。

洁净雅致的富春雅纸、净如月光的千年唐纸、色如金版的南宫金版，以及淡米色的玉竹，在具体装置上有意穿插使用，利用色块对比营造出窗明几净的笔墨意境。对于富阳竹纸，李明赞誉有加："古之文人雅士，皆尚风骨，独守自性，向慕精神之优越超拔。像极了这笔下的竹纸——其质如玉，其色如月，其寿永年。"

作为与纸张天天打交道的书画家，他们在心里对这些国家级非遗技艺制作的竹纸满是敬畏。

"竹纸最大的特点是越放越亮，越放越平和。只要有一点点墨，它都能表现出来，水乳交融，墨和纸结合在一起，很舒服的感觉。"王小椿说，"画画有时候就像是和纸张在进行对话。只要你静下心来，这张竹纸就可以和你交流，会给你很多意想不到的东西，妙不可言！"

潘筱英说，仅 2023 年上半年，这个并不很大的空间已经举行过五次展览，接待过近四千人次的体验者。"预计 2023 年全年，能超过一万人次。"

如今，越竹斋已连续五年被北京市东城区教委列为"中小学生社会大课堂资源单位"，每年来此体验古老造纸术的中小学生不计其数。

对此，潘筱英感到非常欣慰。她说："在计算机出现之前，中国文化很大程度上是依靠纸张来传承的。为传播中国特色文化作贡献，是我这些年驻守北京前门的动力。"

一段传承，数辈守护

"富阳一张纸，行销十八省。"竹纸是富阳传统纸的代表，从唐五代时期，富阳就用嫩竹为原料生产土纸，名为"竹纸"。2006 年，富阳竹纸制作技艺列入首批国家级非遗代表性项目名录，潘筱英的公公李法儿也在 2007 年和 2012 年分别被授予省级、国家级非物质文化遗产保护项目（竹纸制造工艺）传承人。"现在，我公公是国家级非遗传承人，我是区级非遗传承人。"每次接待时，潘筱英都会这样自我介绍。

1979 年出生的潘筱英，出生于富阳的一个造纸世家，自小对竹纸制作兴趣很浓。"根据家谱记载，我们潘家祖上曾经为清代皇宫供纸。"其父潘贤水深谙家传竹纸原材料真谛，他把这些都一股脑儿教给了最爱的小女儿筱英。

富阳湖源李氏更牛！明嘉靖十八年（1539 年），越竹斋前身"裕"字牌元书纸创立；1960 年，开始为国务院生产特贡纸；1962 年，元书纸作为中日外交用纸名扬海外。"2005 年以前，我们家生产的古法竹纸基本被买断了。"潘筱英说。

古法竹纸，是李家祖传富阳竹纸制作技艺。李家原本只能生产长 0.45 米、宽 0.4 米的"小张"竹纸；20 世纪 80 年代，李法儿苦心钻研、耗尽家产，使"小张"变成了长 1.38 米、宽 0.69 米的"大张"。"这样的研发，对我公公来说意味着灾难的开始。"潘筱英回忆说，"因为资金投入非常大。"

为了研发"大张"竹纸，李法儿从供销社辞职回家，一度从人人羡慕的万元户变成了负债累累的欠款户，被人嘲笑是"疯子""傻子"。

潘筱英动手能力强，她继承了李法儿的技艺，坚持将古法传承和研发创新有机结合，研发出了丈二（长 3.67 米、宽 1.44 米）的"超大张"

竹纸。这是迄今古法手工竹纸中最大的尺寸。

"竹子是短纤维，做成'大张'并不容易。"潘筱英说，"我要做一张世界上最好的纸，而且要做一张最环保的纸。这个愿望，现在已经实现。"为了这个愿望，她也继承了李法儿的"傻劲儿"——把所有的资金，都用在改造厂房和研发上了。

"我自己设计了一个大纸槽，丈二长，得8个人一起捞纸。还把安徽最好的师傅请来，祖传古法加上现代创新，前后投入100多万元，终于做成了这款纸。"潘筱英骄傲地说。

"做纸是我心爱的事业。苦点、累点，我不怕。别人都说，这个行当是男人干的，但我乐在其中。"潘筱英表示。

原材料手法得自父亲，古法竹纸制作技艺传自公公，潘筱英集两种技艺于一身，"也许是冥冥之中的命运安排"。"潘家家谱，从上往下数，我是第九代；李家家谱，数下来到我们这里，也是第九代。"她说，"我有兄弟姐妹，但大家都不愿意学。那就我来吧，我是发自内心地喜欢，愿意为之付出。"

在她坚持不懈的努力下，越竹斋富阳竹纸系列产品从最初的元书纸、白元书、小元书、京放纸共4款，增加到了30多款。

一根嫩竹，百道工序

上好的越竹斋纸张，原材料是当年嫩竹。

每年小满节气前一周，潘筱英都要赶回富阳生产基地，和公公李法儿一起，带领工人举行隆重的"拜山神"仪式。他们要抢这半个月左右的最佳时节，把当年要用、不施任何肥料的天然嫩竹砍下来，运下山。

潘筱英一直强调："从一根竹子到一张纸，不是我一个人能做的，而

"雅风"书画展在越竹斋举行

是一群人做出来的。从在山上砍竹、断青、敲白，再用人工背下山，按照古法纯手工制作，其间最少有 72 道工序，最多有 200 多道工序。"

"从一根竹子到一张纸，大概需要多长时间？"我们这样问她。

"如果是纯竹浆纸，大概三个月就可以了。"她介绍说，"但我们生产的是唐纸、宋纸这样几种材料结合的纸张，需要三年左右才能制成。"

这样长的时间，主要耗在材料处理上。比如越竹斋的唐纸，是将两种材料结合，经日光漂白，使用古法，经历 200 多道工序制作而成。"竹子与各种材料结合，按比例配方，就能制成不同纸性的纸张。有的用檀树皮，有的用桠树皮，有的用枸树皮。"潘筱英说，"中国那么大，植物那么多。我们不缺材料，缺的是技艺。现在交通方便了，哪里材质好，我就往哪边跑。我经常去云南、贵州、四川，就是为了寻找合适的原材料。"

一份自信，立足北京

北京和平门外琉璃厂西街，有一座古色古香、雕梁画栋的高大仿古建筑，那里是驰名中外的文房四宝老字号店铺——荣宝斋。在这个已有 350 多年历史的店铺里，摆着 30 多款富阳竹纸，各种规格的都有。

这些竹纸，就是用越竹斋古法技艺制作的。"我们跟荣宝斋已是全方位合作了，线上线下都有。"潘筱英深感自豪与骄傲。

在中国文房四宝行业，荣宝斋是金字塔尖般的存在。

越竹斋富阳竹纸要在北京打开市场，进入荣宝斋，是其中关键一步。"荣宝斋的背后，有很多高端客户，也有很多专家及实力很强的收藏家。"潘筱英说。

2006 年，拿到国家级非遗传承证书后，潘筱英家就开始跟荣宝斋接洽。"经过前前后后两年多洽谈，来了一拨又一拨专家考察，看我们的厂房，看我们的纸槽，看我们的竹林……"

2008 年，富阳竹纸正式入驻荣宝斋。这对潘筱英来说，是一件具有里程碑意义的事件。

65 岁的荣宝斋书画鉴定装裱专家李春林，认识潘筱英已有 10 多年了。回忆起她当初拿着富阳竹纸走进荣宝斋的镜头，这位资深的文房四宝专家依然赞不绝口："操着一口软软的杭普话，眼神非常坚定！一位女性，能够在这个行当里坚守，太不容易了！"

说起越竹斋富阳竹纸能够驻守荣宝斋这么多年，李春林说："主要是质量过硬！从它们身上，能够一睹老祖宗传下来的技艺。而且，作为浙商，小潘诚信至上，不断研发推出新品种，令人敬佩。"

在推广自家产品的过程中，潘筱英一直跟人强调，"这是一张能放千年之久的好纸"。怎么证明这张纸的"纸龄"呢？在朋友的建议下，她找权威机构、找顶尖专家进行了检测。

她带着自家产的纸张，找到国家图书馆古籍部，又找到北京林业大学。"专家们很惊讶，因为我是第一个这样做的人。"潘筱英说，"他们用的是'破坏式检测法'。我带了 5 款纸去，检测结果，寿命最短的200 年，最长的超过 1800 年。"

这下，潘筱英有信心了。

想到自家家谱里记载的祖辈进京发展的事迹，她也动起了到北京推广富阳竹纸的念头。

"2015 年刚到北京时，卖纸卖得最好的安徽人都说我'疯了'。因为整个行业都在走下坡路，那时做纸张的都在慢慢撤出北京。而且北京房租又那么贵。"潘筱英说。

她却特别自信，因为她坚信：中国这么大，总有一批人会喜欢她的纸张。"总有那么一批人，像我这样的，在寻找好的东西。我把那批人找出来，就可以了。"

她要寻找的，就是高端市场。她也确信：市场还是要用好的东西来引导的。

那时，一方面，她仿佛置身竞争激烈的丛林，她的对手是用机器生产出来的机械纸。另一方面，她又仿佛闯入了一片空旷的无人区，面临的困难是如何让世人认可这张纸。

一份坚守，口碑相传

经历过千辛万苦，多次被人说是"疯子"，江南女子潘筱英用真诚、质量和坚韧不拔，在北京前门为富阳竹纸开拓出一片市场。"北京市场足够大。在北京，我这些年认识的书画家就有上万名了。"潘筱英表示。

在和她交流时，我们刚好碰到中国文房四宝协会副会长兼秘书长米军带着几十位同行前来越竹斋观展。说到这里的千年寿纸，米军表示："纸张的寿命，关系到其对艺术作品的承载能力。富阳竹纸，着墨力强，下笔时感觉细腻。在这里'遇见'富阳竹纸，就是最佳的相遇。"

类似米军这样的用户给予的良好口碑，就是越竹斋立足北京、拓展市场的生命线。

通过口口相传，有好几个厦门客户专门找过来，说要购买千年竹纸用于修家谱。

通过口口相传，越竹斋在三年疫情最艰难时刻，由回头客带新客的方式，完成在线上下单、物流发货，从而渡过疫情难关。

通过口口相传，已有40多个国家的国际友人走进越竹斋，让潘筱英实现了"向全世界推广富阳竹纸"的愿望。

　　如今，越竹斋已经成为中国竹纸企业中的翘楚。他们不仅与荣宝斋紧密合作，还与一得阁、朵云轩开展合作，让古老的工艺、优质的纸张为更多的书画爱好者提供服务。

　　"之后，我将试水互联网思维、现代营销模式，进一步扩大富阳竹纸的影响。"潘筱英说，"接下来，我们也会尝试直播带货，让大家可以在抖音、京东、淘宝上'遇见'这张纸。"

　　而让这位坚强的女子感到最高兴的一件事，是她 22 岁的儿子愿意接班，"非遗传承后继有人了"。

⑪
从大花篮看"四千精神"，80 后"双骄"在京创业故事

2023 年 6 月中旬，天安门城楼恢复对外开放。时隔数年，再登城楼，在看到眼前的天安门广场后，游客直呼"太壮观了！"

天安门广场位于北京中轴线上。这里是无数重大政治、历史事件的发生地，见证了中国从衰落走向复兴的历史。每年国庆节，天安门广场"祝福祖国"大花篮都是北京城的一道亮丽风景。多年来，一个个大花篮见证了时代的变迁与国家的蓬勃发展，盛满了人们对祖国的深深祝福，更成了无数中国人心底一份独特的国庆记忆。

你知道吗？这个高达 18 米的"祝福祖国"大花篮，跟一位 80 后在京浙商有关！他叫鲍啸峰，每年大花篮的吊装任务，就是由他承担的。和鲍啸峰同样在中轴线上创造了属于自己的商业奇迹的，还有 80 后浙商封越平。他和鲍啸峰联手在朝阳区三元桥租下了一幢商业大楼，正以无比的激情把它打造成一个第三方的高端服务园区，以全新理念为园区企业提供全生命周期服务。

繁茂的人文藤蔓，向我们展示新生代浙商的蓬勃朝气和创新精神。"双骄"的创业经历，更向我们诠释新一代在京浙商如何实现"做别人做不了的事"。

鲍啸峰：做强文化产业，吊装国庆大花篮已 10 年

自从 2014 年鲍啸峰创办的红演圈（北京）网络科技有限公司（后文简称红演圈科技）顺利完成天安门广场"祝福祖国"大花篮吊装任务，

鲍啸峰参加庆祝中国共产主义青年团成立 100 周年大会

他便在青年企业家中脱颖而出。

如今，红演圈科技已连续 10 年完成"祝福祖国"大花篮吊装任务。旁人以为，国庆大花篮每年竖立在那里，是一件很平常的事，可我们在采访后才明白，吊装大花篮其实是一件技术活。

整个大花篮高达 18 米，篮体高 16 米，篮盘直径 12 米，自下而上由坡面花坛、玻璃钢花篮和仿真花三部分组成。

"国庆大花篮从主题立意到花材选择，再到制作工艺，都是经过精心设计的，每年都不一样。比如 2021 年，花篮里插有 12 种巨型仿真花：向日葵、山丹丹、映山红、红梅，象征红心向党、奋勇拼搏；牡丹、百合、康乃馨等，祝福祖国繁荣昌盛。"鲍啸峰说，"花篮的设计由北京市相关部门完成，我们就负责精准吊装到位。"

据了解，大花篮为钢架结构，篮身为玻璃钢材质。插好花的篮盘重约 60 吨，单单一枝花就重达 50 多千克。这些花如何精确插入 16 米高的篮体？这时，就需要用到 3D 扫描和定位技术了。

"我们提供的，就是 3D 扫描和定位技术。"鲍啸峰解释说，花艺师把每一枝花的空间位置、朝向和角度，定位到数字模型花篮上。先利用全站仪定位系统，确定需定位的轮廓花的位置，再由花艺师根据艺术效果进行调整，使其更美观。

由于天安门广场中心花坛要求"四面观"，即从哪个方向看都要好看。"所以，花艺师的设计、调整，需要我们通过 3D 技术来实现。这是双方之间的完美配合。"鲍啸峰说。

红演圈科技值得称道的还有一个项目：正阳门实时数据监测。

正阳门，俗称前门、大前门，原名丽正门，是明清两朝北京内城的正南门，位于北京城南北中轴线上的天安门广场最南端。因为有地铁线路从正阳门下穿过，会不会对这个古建筑造成影响？红演圈科技所做的，就是采用 3D 技术，定期扫描正阳门的倾斜数据，监测地下轨道交通对它的影响。"我们负责把监测数据提供给古建筑学家，再由专家确定何时需要对正阳门进行纠偏或检修。"鲍啸峰说。

鲍啸峰是浙江宁波人，本科就读于对外经贸大学。大三那年，作为公派交换生，他去美国迪士尼总部学习了 7 个月。"从一张画到一个产业，就是从米老鼠这么一张画，变成如今这样一个庞大的以乐园经济影视综合化的商业帝国。这对我触动非常大。"鲍啸峰表示。

2007 年 6 月回到国内，还没大学毕业的鲍啸峰就开始创业。他做过全国青少年成长励志营，也曾专注于知识产权的保护。2014 年他成立红演圈科技，切换到文化领域这个新赛道。"我就觉得文化事业是朝阳产业。年轻人要做，就应该做这样的朝阳产业。"鲍啸峰说。

围绕着文化行业，他打造了一个红演圈 App，从人才、内容、空间、资本等方面，进行突破。"这是适合文化演艺人才的就业平台，被人称为文化演艺行业的'智联招聘'。"鲍啸峰表示，"我们从人才切入，会聚了 27 类文化演艺行业人才。再把这些人才资源进行整合，产生效益。"

他们有影视人才，这就为投资影视剧提供了便利；他们有演出型人才，就可以承接大型活动、大型演出；他们有文旅策划类人才，可以策划丰富多彩的文旅活动。这些都为后来成为线上线下综合的内容提供商、打造大唐不夜城系列，打下了坚实的基础。

是的，曾经火出圈的大唐不夜城，就是鲍啸峰和伙伴们一起打造的！

"我们接手时，西安'大唐不夜城'还是一条烂尾街。我们动了不少脑筋，比如设置不倒翁姐姐这样的网红打卡点，设置互动环节，甚至多处行为艺术，并且每年保持 30%—40% 的项目更新。大唐不夜城火了!"鲍啸峰告诉我们,"所谓'同龄人懂同龄人'! 我们是年轻人,所以我们设计了很多互动性很强的项目,很受年轻人喜欢。"

其后,不夜城项目又持续复制了6个,像广西南宁不夜城、石家庄凤凰不夜城、山东青州不夜城、东北不夜城(吉林通化)、河南焦作不夜城、重庆不夜城,都很受欢迎。

鲍啸峰还有一个身份: 全国工商联青年企业家委员会副秘书长、北京工商联青年企业家专委会副主任兼秘书长。我们了解到,繁忙工作之余,他还在紧锣密鼓地忙着一件大事: 在天安门附近找一块合适的场地,落地"四千精神"数字化展厅。

"在新时代,'四千精神'折射的不仅是浙商精神,也是全国企业家的精神。赋予'四千精神'新时代的含义,让发源于浙江的'四千精神'走出浙江,来到首都展示,将会是一件很有意义的事情。"鲍啸峰表示。

封跃平: 涉外新赛道,服务中国企业"走出去"

85后封跃平是位律师。

2012年,封跃平从英国留学归国来到北京,他先后经历了3次创业。现在,作为国樽律师事务所的掌舵人,他的理想是以自己及团队所长,服务更多中国企业更好地"走出去"。

涉外法律服务,是封跃平选择的新赛道。"律师行业竞争非常激烈,我在很多方面没优势。"封跃平分析说,"但我在海外留过学,语言上没有障碍,了解中国人和外国人的文化差别、思维差别。面对国内国际双循环机遇,中国企业跟全球的联系将越来越紧密。这些促使我选择了新赛道。"

于是,他推动传统的法律业务迅速"跨"入涉外领域当中,让国际

封跃平

化成为核心方向。这意味着，他在给自己寻找弯道超车机会的同时，也用一定的壁垒减少了竞争对手。

目前，国樽律所已在全球 100 多个国家拥有 200 多间海外办公室。"我们的战略思维，先是品牌合并，而后是控股、兼并或重组，即人财物方面的全面接管。一切都围绕中国企业更好地走向海外，为他们提供精准服务。"封跃平说。

跟鲍啸峰一样，封跃平也是创一代，并非富二代。他的人生经历，同样充满传奇色彩。

封跃平是浙江嘉兴海盐人，从海南职业技术学院法律专业毕业并在浙江大学拿到专升本文凭后，他回到老家海盐县武原镇，成了一名执业律师。"看着我的师傅们拿着不错的年薪，有房有车，在当地也有一定的社会地位。但这种一成不变的生活，在我看来就是人生中的'天花板'。"封跃平说，"我要跳出'舒适圈'，追求更精彩的人生！"

思前想后，他决定去英国读研。"我语言底子薄，从英语音标开始学，先是在国内主攻了一年英语，再到英国读了一年预科，才被格拉斯哥大学法学院录取为研究生。"封跃平说。

2012 年，留学归国的封跃平只身闯荡北京，进了一家排名、规模都挺不错的律所，短短一年半时间内，他就从一名小律师奋斗成了律所的小股东。但他跳槽了，成了一家新律所的创始合伙人，几年后这家律所规模排名已是北京第一、亚太第三、全球第四。

在第二家律所，封跃平负责拓展海外业务、海外板块。正是在这期间，他发扬浙商"四千精神"，不辞辛劳，逐渐与 100 多家驻华大使馆建立联系，为众多在华外商企业提供服务。"为外商企业提供服务的同时，我看到了中国企业走向海外的机遇，我再次辞职，选择新赛道。"

2022 年 7 月，封跃平加入国樽律师事务所。作为掌舵人，他终于可以带领团队朝着自己定下的方向前行。

目前，国樽品牌合作方已遍布欧美国家。"我们也在非洲布局，这是一个非常好的投资目的地。目前非洲的投资前景广阔。"

联手盘下一幢楼，创新浙商"四千精神"

封跃平、鲍啸峰分别是北京浙江企业商会常务副会长和副会长。"封跃平和鲍啸峰，都是创业型的新生代浙商。在他们身上，体现了激情满满的开拓精神，这一点难能可贵！"北京浙江企业商会原秘书长肖民称赞道。

据统计，目前北京浙江企业商会在册会员中，新生代浙商已超过15%。2023年5月20日下午，北京浙江企业商会第六届二次会员代表大会在京召开，近400名在京浙商参会，其中不乏新生代浙商代表。会上，看着这些充满朝气的年轻脸庞，浙商总会副会长、北京浙江企业商会会长喻渭蛟满是感慨："这是在京浙商的新生力量，未来我们将把接力棒交到他们手上。"

新生代在京浙商，正以自己的方式快速崛起。因为成长环境、教育背景不同，他们看待事物往往有着自己独特的角度，有独树一帜的生意经。他们已经适应转型升级发展需要，传承并创新了浙商"四千精神"，把新时代浙商精神阐释为以"千方百计提升品牌，千方百计拓展市场，千方百计自主创新，千方百计改善管理"为内涵的"新四千精神"。

鲍啸峰、封跃平还是合伙人。疫情期间，楼市低迷，他俩看准时机，在2022年4月以原市场价1/3的价格签下了一幢楼。这幢楼，他俩取名叫"国樽赢地中心"。

国樽赢地中心共18层、2.3万平方米。目前，出租率已达到95%

国樽赢地中心外景

的国樽赢地中心，成为周边一带出租率最高的"楼王"。秘诀何在？

国樽赢地中心位于北京朝阳区三元桥，是赫赫有名的使馆区腹地，距离美国驻华大使馆不到 100 米。从北京地铁 10 号线 B 口出来往国樽赢地中心走，一路上要经过德国驻华大使馆、印度驻华大使馆、美国驻华大使馆，稍远处则分别是法国驻华大使馆、日本驻华大使馆。

选择这个位置，封跃平是经过深思熟虑的。他说："北京有名的律所，一般都选择在商业繁华的地段办公，至少是实力的一个象征。我们业务的主要方向是国际化服务，那么距离使馆区一墙之隔就是一个很好的选择。"

对于这幢楼，他俩还有一个共同目标，就是有意识地把它打造成一个第三方的高端服务业园区，所覆盖的服务包含工商、税务、股权投资、银行贷款、法律、审计、移民、留学，以及孩子的幼升小、小升初等一系列服务，全部在楼宇当中实现。"可以说是'全生命周期'服务了！"封跃平笑着表示。

封跃平掌舵的国樽律师事务所，也在这幢楼里办公。他觉得这么做带来的好处，就是企业入驻时，就已认可园区的运营理念，相当于和园区相互绑定、"互采互购"了。"敲定关系后，整个企业一进来，后续过程都交给园区来服务。"

作为全国工商联青年企业家委员会副秘书长，鲍啸峰告诉我们，2023 年 5 月 1 日，他们又在国樽赢地中心 11 层加挂了一块牌子："青年企业家（北京）汇客厅"。这是一个开放、公益性质的新时代民营经济工作载体和平台，为来自全国各地的青年企业家，甚至海外的侨二代、侨三代，加持创业所需的各种资源。"它不仅是服务民营企业和民营企业家的一个极具创新性的交流服务平台，更是年轻一代企业家互相学习、共同成长的智库平台，是广大青年企业家的'领路人'和'娘家人'。"

鲍啸峰说。

　　接下来，他俩还打算把国樽赢地中心和国樽律师事务所打造成一个资源包，以第三方高端服务业园区的模式，到全国各地去开"连锁分店"。"比如浙江省，我们计划从 2024 年初开始，陆续在浙江 11 个地市打造第三方高端服务业园区。利用我们的国际化服务能力，一是助力更多浙江优秀企业走出浙江，走向全国乃至全球，同时也把央企、国企、民营头部企业，乃至优秀外资企业及各类高端人才，招引到浙江落地，带动当地服务业整体上一个新台阶。"

⑫
"朱炳仁·铜"开在北京，走向世界也走进百姓家

前门位于北京中轴线上，它既是一座城楼的俗称，又是以前北京城的象征。悠久的历史造就了北京前门大街的许多中华老字号，如大北照相馆、老正兴饭庄、张一元茶庄等，都分列前门大街两侧。

在这片得天独厚的绝佳位置上，始创于清朝同治末年（1875 年）的中华老字号"朱府铜艺"端庄矗立，其三层楼高、铜体装饰、"中国红"色的门面格外引人注目。

与杭州河坊街近三千平方米的江南铜屋相比，北京前门大街上的这家"朱炳仁·铜"品牌店更像一个浓缩版。听一位老北京说，他来前门就必进"朱炳仁·铜"品牌店，因为在欣赏顶级铜艺的同时，还能把美带回家。

在浙江，朱炳仁和他的作品远近闻名，著名作家金庸先生见到朱炳仁为杭州雷峰塔制作的"五彩新铜衣"时，忍不住赞叹"工精艺高，有如雷峰"。在全国，"朱炳仁·铜"品牌更是大放异彩，峨眉山金顶、桂林铜塔等百余座铜建筑都出自他手。"朱炳仁·铜"品牌在北京深耕十余载，成为入驻故宫博物院的文创品牌，这背后又有什么不一样的故事？

带着这个话题，我们探访了这位中国工艺美术大师、朱府铜艺的第四代传人朱炳仁。

北京前门的"朱炳仁·铜"品牌店

"朱炳仁·铜"作品在故宫

结缘故宫，传统文化与非遗技艺的融合

聊起在北京的故事，79 岁依然"铜"心未泯的朱炳仁，脸上掩不住满满自信。

"先说说我们和故宫的故事吧。"

故宫位于北京中轴线的中心。国潮风起，非遗焕新，"朱炳仁·铜"品牌与故宫这个大 IP 的合作，可以追溯到 2013 年。

那一年，"朱炳仁·铜"品牌与故宫因一个共同理念而结缘："把故宫文化带回家"。怎样才能把故宫文化更好地分享给公众？时任故宫博物院院长单霁翔想到，做文创，把故宫传统的文化元素植入时尚新潮的当代工艺品中。

单霁翔找到了朱炳仁。"当时他说，要做好故宫的文创产品，必须具备 4 个条件，即传统文化基础、创新精神、实际能力、制作能力，而你们恰恰都具备了。"朱炳仁回忆道。

朱炳仁坦言，"带回家"的理念打动了他。早在 2008 年，朱炳仁和儿子朱军岷以"让铜回家"为理念，创立新国货非遗品牌"朱炳仁·铜"，目的就是让铜走进千家万户。

故宫文化是中华传统文化、传统工艺、传统美学的集大成者，铜雕技艺是浙江的传统手工技艺，是国家级非物质文化遗产之一，两者的合作，是中国传统文化和传统非遗技艺融合的一次创新尝试，这激发了朱炳仁父子浓厚的创作兴趣。

他们和团队决定以做故宫文创产品中的"重器"为理念，进行产品开发。历时一年多，他们以故宫藏品为设计元素，开发出的百余款故宫文创作品，让单霁翔赞叹不已。

2014 年，在一系列优秀作品的支撑下，朱炳仁受邀作为故宫的文

创顾问，在故宫的遂初堂创办了朱炳仁故宫文创铜器馆，"朱炳仁·铜"也就作为文创品牌入驻故宫，成为故宫唯一的铜器开发经营者。这是对"朱炳仁·铜"品牌的高度认可。

"故宫文创店，算是我们在文创意义上的北京首店。"入驻故宫后，朱炳仁用铜雕艺术将故宫文化与大众连接起来，"这里的产品让大家可以触摸到故宫文化。"

虽然朱炳仁的技艺靠祖传，但如果没有创新，也不会被故宫看上。朱炳仁用时一年，以全铜材质塑造逼真的《五牛雕塑》，立体化呈现了故宫博物院藏品唐代韩滉的绘画作品《五牛图》。这个作品，也是首个陈列在故宫广场的现代艺术品。

故宫寿康宫前有两个大铜缸，就是朱炳仁设计的，缸上铭刻有"大清乾隆年造"与"朱炳仁制"双款。这也是故宫首次给一个当代艺术家的特别殊荣。

进驻故宫后，"朱炳仁·铜"品牌被更多的人知晓和认同，成了很多消费者和收藏者的心头之宝。与故宫的合作为朱炳仁的铜雕艺术打开了又一扇通向世界的窗户。以铜为媒，朱炳仁的文创大作经常作为国礼赠送贵宾。

对于这些，朱炳仁坚定地认为："我们的创作方式要走向世界，中国的匠人要有文化自信。"把铜和文化相融相连，朱炳仁孜孜不倦。

扎根前门，浙江铜艺和"北京礼物"的"京喜"

"朱炳仁·铜"品牌创立后，父子俩准备在北京的热闹商圈里开门店。首先是在前门大街，接着，798文创园、SKP商场、燕莎商场、王府井大街……"朱炳仁·铜"品牌一一亮相。

朱炳仁与儿子朱军岷

前门大街自古人来货往，商贾云集。现在，这里不仅是中华老字号的集聚地，也是全国各地游客来买"北京礼物"的地方。

"铜文化不能只藏在故宫里面，它需要走出来，走到老百姓里面去。"朱炳仁回忆，当时选址前门就是因为这里可以更方便地跟老百姓接触，让铜接地气。

但是最终能在前门扎根并成为百姓爱买的"北京礼物"，朱炳仁坦言：不容易。

"首先，工艺美术行业利润不高，都是靠手工做出来的，我们能不能在前门生存下来，能不能被北京的市场、北京的老百姓喜欢，这些都很难说。"

考虑再三后，朱炳仁还是选择了前门，"这里作为全国非遗文化和现代生活结合度最高的地方，适合我们这样的国家级非遗老字号落地"。

不过，在前门，"朱炳仁·铜"品牌还是经历了一段"水土不服"的时期。

"在许多老百姓看来，铜要么是锅碗瓢盆，要么是大国重器，很少有人会把它和艺术品联系在一起。"朱炳仁说，刚来北京前门的时候，父子俩总是在思考一个问题：铜艺产品怎样才能被老百姓喜欢并带回家呢？

朱炳仁父子是懂中国式浪漫的。"我们发现，来前门的顾客特别喜欢北京文化、喜欢中华传统文化。"于是，父子俩专门在开发产品上面下功夫，深挖运用故宫文化、北京的中轴线文化，"我们发现，这些产品特别受欢迎"。

一件件精美别致的铜艺作品，不仅凝结了百年铜艺的智慧结晶，更体现了中华老字号发扬传统文化的一份责任。

"我们还把生肖文化、二十四节气文化、茶文化等融合在产品里面。"

朱炳仁想得很细，"我们希望老百姓买到这些东西，一方面可以从精美的工艺中欣赏到中国传统文化之美，同时也有实用性，也就是拿回家可以用"。

朱炳仁父子成功了。越来越多的人来前门店打卡，并为这些精湛的传统手艺买单。

网民在"朱炳仁·铜"前门店的网页上写下："进入参观，都是令人惊叹的艺术品，用铜为载体表现其技艺和艺术性，美形美器，喜欢。""每件物品都很精美别致，感受到了中国技艺的博大和厚重的中国文化。"

老百姓的喜爱，让朱炳仁父子增强了"让铜回家"的信心。按照朱军岷的说法，使用是最好的保护，消费是最好的传承。

因为受到百姓的喜爱，"朱炳仁·铜"多次入围"北京礼物"品牌并获奖。

走向世界，城市形象与非遗品牌的双赢

朱炳仁说："每件重要铜制品，我都将其视为交给时代的礼物。"他这样说，也是这样做的。

他积极参与了北京的中轴线建设。北京中轴线以故宫为中心，在故宫以东一公里外，有着素来被称为"金街"的王府井大街。街心处，朱炳仁为其定制打造的《五牛五福》雕像非常引人注目。与故宫所展出的古铜色五牛不同的是，王府井大街上的五牛运用了色彩更为绚丽的庚彩技艺，也是朱炳仁在熔铜艺术与色彩结合上的突破性飞跃。现在有人介绍王府井，经常会说："王府井除了商业，还可以看到许多文化和历史非遗，比如五牛。"

国家博物馆是北京中轴线申遗的重要组成部分，馆内的铜门、铜厅、

铜栏杆，都来自"朱炳仁·铜"。博物馆内还收藏了朱炳仁的第一件熔铜艺术作品《阙立》，那是他用常州天宁寺宝塔大火后遗留的熔渣创作的，标志着熔铜艺术正式进入艺术大门，在我国铜壁画艺术的发展中具有里程碑的意义。

朱炳仁把南中轴线的前门店叫作"首都会客厅"。"这里既是国家非遗体验馆，也是我们在北京向世界介绍这些别具东方艺术审美的作品的一个交流平台。"

在北京，"朱炳仁·铜"品牌从线下火到了线上。

八次登上春晚特别节目的人不多，朱炳仁是其中一个。从 2016 年丙申猴年开始，朱炳仁每年都会带着铜雕生肖摆件登上央视春节特别节目《一年又一年》，给全国人民送上新春的祝福。

从《侯来居上》到《鸿运当头》，从《乾隆十骏犬》到《天珠赐福》，从《鼠你宝贝》到《五牛积福》登上春晚舞台与刘德华一起"牛"，从《五福天虎》到《天兔赐福》，"朱炳仁·铜"生肖摆件成了百姓线上热议的话题。

"在中国最盛大的春晚舞台上，我们希望用最好的工艺，活化中华传统文化，讲好铜艺的非遗故事。"

对文化传承和发扬的孜孜不倦，让 79 岁的朱炳仁依旧保有非常大的创作激情。

他在年轻人聚集的网络上，发表《跟朱炳仁游中国》系列和《听朱炳仁讲国粹》系列视频，将中国铜艺故事娓娓道来。

2023 年，杭州成功举办了第 19 届亚运会，朱炳仁说，他准备再版《跟朱炳仁游杭州》一书。"因为我在杭州做了大量的铜建筑，这些都是城市发展的见证，希望可以通过我的讲述，让世界看到中国的发展。"

作为一名杭州工匠，朱炳仁以"最美中国工艺，精彩杭州亚运"为主题，创作了《心心相印·三连印》《亚运莲花尊》《东方盛典·亚运金镶玉璧》等一系列"中国礼物"，它们被陈列在 17 处亚运场馆和杭州标志性建筑中。在"杭州 2023 奥林匹克博览会"上，国际奥委会主席巴赫、国际奥委会副主席小萨马兰奇分别获赠来自朱炳仁的"亚运之礼"。

从浙江出发到北京讲中国故事，再从世界吸引人们来看浙江故事，这位被外国人称为"东方达利"的大国巨匠，用作品与世界对话，也把浙江之美推向了世界。

⑬
正乙祠戏楼，清朝"北漂"浙江人之家

改革开放的浪潮，吸引了一批又一批有胆识的浙江人闯荡北京，或创业，或工作，或求学。几十年来，他们成为北京各行各业的佼佼者。闯荡北京的不仅仅有当代的浙江人，历史上也有许许多多敢闯敢拼的前辈们来到北京，创造了属于他们的辉煌，在北京留下了属于他们的历史印记，这些印记被保留到了今天。

地处北京前门西河沿街 220 号的正乙祠戏楼，就是清康熙初年闯京城的那批浙商留下的人文地标。它是北京唯一保留至今且基本完好无损的纯木质戏楼，也是为数不多的室内戏楼，是中国戏楼发展史上的里程碑，被誉为"中国戏楼活化石"。

2023 年 4 月 7 日，一场名为"古祠听春"的阮咸音乐会在此奏响，"正乙祠重张一周年演出月"由此开启，这座饱经风雨的戏楼，又以全新的面貌与世人见面。300 多年后的今天，我们走进正乙祠戏楼，探寻正乙祠戏楼与古今浙商的不解之缘。

清朝"北漂"浙江人的据点

从南新华街转向西河沿街，远远地在胡同口就可以看到"正乙祠戏楼"的标识。正乙祠戏楼隐藏在西河沿街的胡同里，戏楼的大门就像一道时光之门，进门后，历经 300 多年沉淀的院子让来者仿佛回到清朝时浙商们聚集在此集会议事、宴饮娱乐的场景。

清朝"北漂"的商人们常常聚集在前门一带。康熙时期，京城的银

正乙祠戏楼门口

正乙祠戏楼内景

号开始活跃起来，把握先机的浙商们在附近做起了银号生意。正乙祠原本是明代的一座寺庙，清康熙二十七年（1688 年），还有一种说法是清康熙六年（1667 年），浙江在京的银号商人集资，对此处进行改建，建立祠堂馆舍，又叫"银号会馆"或"浙江钱业会馆"，既是"祠"也是"馆"。

"随着会馆逐渐发展成熟，除了祭祀、集会，还需要一些娱乐方面的功能，外地人在京城漂泊时间久了，难免会有一种乡愁，那个时候听戏就是一种非常好的娱乐方式，因此有一些馆也修建了戏楼，在会馆戏楼里可以听到用乡音表演的戏曲。"研究北京会馆的北京师范大学文化创新与传播研究院副教授张佰明告诉我们。

清康熙五十一年（1712 年），生意做得风生水起的在京浙商们再一次集资购买土地，对正乙祠进行了扩建，设有大堂、后室、廊庑、戏楼等建筑，每年春秋两次举办集会，祭神宴饮，逢年过节时，上演社火等特色表演。

在院落的西侧，清同治四年（1865 年）的《重修正乙祠记》石碑被用玻璃罩保护了起来，碑上记载了正乙祠的重修过程，上面写道："浙人懋迁于京创祀之，以奉神明、立商约、联商谊、助游燕也。"

康熙年间扩建时的《正乙祠碑记》也写道："逐所便易，则不惮涉山川、背乡井，往远至数十年而不返。"虽然属于商业会馆，但当时在会馆里活动的人不仅仅是商人，还有浙绍乡里来京科考的举子、赴京候任官员等。与今天的在京浙江人一样，他们互帮互助、抱团取暖。

与京剧互相见证辉煌岁月

进入戏楼，扑面而来的是一种历史的厚重感，300 多年戏曲文化的浸染，让这座古戏楼在今天仍然有着强大的气场，木门发出的"吱嘎"声也让人感觉很奇妙，仿佛眼前的百年古建筑在与我们进行一场特殊的对话。

据民国初年出版的《梨园外史》记载，正乙祠戏楼的台柱上早年的楹联是："八千觞秋月春风尽消磨蝴蝶梦中琵琶弦上，百五副金樽檀板都付与桃花扇底燕子灯前。"联中提到了四出昆曲名剧——《蝴蝶梦》《琵琶记》《桃花扇》《燕子笺》。如今，戏楼的台柱上仍然是这副楹联。

整个戏楼面积有 1000 平方米，戏楼建筑全部为木质结构，坐南朝北，可以容纳 100 多位观众。戏台为三面开放式，看上去有两层，实际上台下还藏着一个暗层，三层戏台的设计可以渲染出神怪戏中上天入地的效果。

据了解，这种结构的戏楼，除了正乙祠，就只有故宫内的畅音阁。类似于影视剧中吊威亚的效果，演员可以利用二楼戏台的孔道和吊钩"飞"到一楼，也可以从一楼戏台进入到暗层中，一楼戏台还设计了延展台。

就在正乙祠戏楼加盖完成的几十年后，清乾隆五十五年（1790 年），为了给乾隆庆祝八十大寿，四大徽班陆续开赴北京演出，他们与汉调艺人合作，通过不断的交流融合，最终形成了我国的国粹艺术——京剧。

当时京剧不仅在清朝宫廷内迅速走红，京城大大小小的戏楼也开始盛行京剧，设计精巧又不失大气的正乙祠戏楼吸引了众多京剧名角到此演出，正乙祠戏楼与京剧互相见证了这段辉煌岁月。

清光绪七年（1881 年），四喜班班主梅巧玲（梅兰芳的祖父）进京，常在正乙祠唱戏，率四喜班演出，主要演员杨隆寿、姚增禄、鲍福山、余紫云等都是当时的名角儿。程长庚、谭鑫培、梅兰芳等京剧名家也都曾在此登台，特别是梅兰芳当年在这里演出《天女散花》时，身背绳索

正乙祠戏楼观众席

在二楼舞台从天而降，着陆到一楼舞台，令人惊叹，可以说是中国第一个在舞台演出中吊威亚的戏曲演员。

老戏楼与浙商再续前缘

正乙祠戏楼历史上经历了四次大的修复：一是乾隆年间，徽班进京；二是清同治四年（1865 年），京剧形成前后；三是民国二年（1913 年），京剧已走向繁荣；四是 1995 年的大修复。1995 年的这次修复，是由一位浙商独立出资完成的。

1937 年起，正乙祠戏楼饱经风霜，先后被用作仓库、兵营、煤铺、学校。1954 年戏楼被改为招待所，厅堂变成食堂，戏台被砌起来，开了几个卖饭窗口，后台成了炒菜做饭的厨房。几十年来，院落也渐渐被民居"蚕食"，面积只剩当初的六分之一。

直到 1994 年，当时 30 多岁的浙江商人王宇鸣偶然路过正乙祠戏楼所在的四合院。"当时的院子已经破败不堪，我们从院子里的石碑中得知这里曾经是一座有着 300 多年历史的古戏楼，见证了京剧的辉煌，又与几百年前的浙江商人有着很深的历史渊源，于是我决定个人出资重修戏楼。"王宇鸣说。

1995 年 10 月 9 日，正乙祠戏楼经过修复，再次向社会开放，胡絜青、朱家溍为戏楼题写了台联："演悲欢离合当代岂无前代事，观抑扬褒贬座中常有剧中人。"古戏楼专家王遐举为戏楼题写"正乙祠戏楼"匾额，这也是其临终绝笔。

戏楼修复完成重张后，连续举行了三天的庆祝演出，其间梅葆玖、谭元寿等京剧名家都登场助兴。重张后的正乙祠戏楼不仅有京、评、昆、梆、越、曲艺、杂技、皮影等剧种和音乐的演出，还上演过《哈姆雷特》

等外国剧目，接待过很多来自不同国家和地区的友人。王宇鸣说，这样的影响力是他自己也没有预料到的。

个人出资修复古戏楼，这在当时引起了不小的轰动。在张佰明看来，"个人来做这件事情还是非常需要勇气的，这在当时的会馆戏楼中也是独一份，不仅对会馆戏楼起到了重要的保护作用，对 20 世纪 90 年代京剧的发展也起到了很大的促进作用，由一位浙江人来完成这件事情，就更有意义了。"

重张后的正乙祠戏楼成功举办了大大小小 700 场左右的演出，但最终因入不敷出，再次关停。此后，从重修到关停，正乙祠戏楼又经历了几番波折，最终在 2018 年 12 月 31 日结束最后一场演出，正式关门谢客。2019 年，正乙祠戏楼交由北方昆曲剧院修缮、运营及使用。

向家乡人敞开，期待再次古今联动

2023 年 4 月开启的正乙祠戏楼"重张一周年演出月"，为观众送上了十几场名家演出，像是一场场明星见面会，让慕名而来的戏曲爱好者过足了瘾，也让大家对这座神秘古老的戏楼更加了解、更加向往。北方昆曲剧院导演、正乙祠戏楼总经理张鹏说，这里会有更多精彩的演出与大家见面。

"戏楼是极具中国审美特点的舞台呈现载体，但并不是只能守着传统演出内容，我们希望戏楼朝着一个开放、包容的演出场所去发展，多种艺术形式走进戏楼，碰撞、融合，擦出新的火花，300 多岁的戏楼比我们更懂得接纳，小提琴、现代舞的表演在这里非常成功，还有小型的演唱会对我们的场地感兴趣。"张鹏说。

除此之外，张鹏也非常希望浙江的剧团来到先辈们建的戏楼里演出，续写这座古戏楼与浙江的故事，让这座戏楼里的演出更加具有历史文化上的意义。"浙江有着非常优秀的戏曲基因，有着源远流长的戏曲文化，特别是最具代表性的越剧，期待一场与浙江剧团在老戏楼里的重逢。"

张佰明希望，在全新的正乙祠戏楼里看到更多的浙江元素。"会馆建立之初，就是满足浙江各地进京举子、官员、商人短暂居留的需求，它在一代代家乡人的薪火相传中不断发展壮大。要继续焕发会馆文化的活力，在当下，会馆需要与它的故乡有更多情感上的连接。"

当然，不只是演出，张鹏希望戏楼在当下与浙江的联动有更多的可能性，300多岁的正乙祠戏楼的大门正再次向家乡人敞开。

⑭
北京的绍兴故事，鲁迅故居与长孙周令飞

鲁迅，到现在依然是个热词。

在北京，你总会遇到"他"。他在电视剧《觉醒年代》中，在年轻人的表情包里，在京城红色文创中，在各种戏剧展演里。

在成为"鲁迅"的路上，绍兴与北京是两个最关键的地方，绍兴令他彷徨，北京让他发出呐喊。所以鲁迅与北京，还有他文章里的故乡绍兴，是北京老少经常提到的话题，位于西城区的北京鲁迅故居，时时有人慕名前来打卡。

繁茂的人文藤蔓之北京故事，绕不开这位中国现代文学的奠基人，而要谈鲁迅的北京往事，以及他与故乡绍兴的故事，有一个人有更深的体会，他就是鲁迅的长孙周令飞。

走进鲁迅故居，重温当年他在这里如何生活，如何完成《野草》《呐喊》《彷徨》等作品，在绍兴的周令飞跟我们讲述了爷爷不一样的故事。

探访北京鲁迅故居

在白塔寺西侧，原阜成门城墙脚下，许多曲曲折折的充满烟火气的小胡同里，藏着一代文豪鲁迅的私宅，鲁迅在北京的最后一处寓所，阜成门内宫门口西三条 21 号——北京鲁迅故居。

鲁迅原名周树人，浙江绍兴人，"鲁迅"是他 1918 年发表《狂人日记》时所用的笔名，也是他影响最为广泛的笔名。

鲁迅在北京生活、工作将近 15 年的时间里，曾经住过的地方有 4

处：宣武门外绍兴会馆、八道湾胡同 11 号、西四砖塔胡同 61 号和阜成门内宫门口西三条 21 号。迄今在北京保存最完整的一处鲁迅居所就是西三条的这一处，现为北京鲁迅博物馆的一部分。

我们在北京鲁迅故居看到，即使在工作日这里也人气不减。在这个小院中，更多的是年轻人的身影，他们带着新潮的鲁迅文创，走进院子里，寻找鲁迅的"老虎尾巴"，或者是鲁迅后园里的"两棵枣树"。

走进这间小院，映入眼帘的是鲁迅在 1925 年 4 月 5 日亲手种植的两棵白丁香，经历了 90 多年的风风雨雨，仍枝繁叶茂，枝叶不仅覆盖了整个前院的空间，并且早已高出院墙很多。

北京鲁迅博物馆副研究馆员刘晴告诉我们："四月到五月的鲁博，总是花香四溢的。每年这个时候，我们会邀请一些中小学生走进鲁迅故居，在鲁迅手植的白丁香树下，伴着时不时飘落的丁香花瓣，和着沁人心脾的花香，诵读鲁迅的作品，学一学鲁迅笔下小鸭子、小鸡的样子，或满院'飞'跑一下，或步履蹒跚的'互相招呼，总在一处'。"

这座四合院是鲁迅亲自设计并改建的，清灰砖墙，朱红门窗，格外幽静。院内有南房三间，是鲁迅藏书及会客的地方。其中最有特色的是会客南墙旁摆放的一排书箱，是鲁迅和一位木匠亲自设计的，叠起来是书柜，分开又是一个个箱子，鲁迅生前颇为喜爱。北房三间中有一间是全家人的起居室，另外两间分别是鲁迅母亲、原配夫人的卧室。

堂屋向北接出的小房间，是鲁迅的"绿林书屋"。"在鲁迅故居，这个小房间是最著名的。"刘晴说，小院的第一位访客许钦文十几年后写有《在老虎尾巴的鲁迅先生》，谈到鲁迅和他私下闲聊时，把这间小屋称之为"老虎尾巴"，并解释说："因为便宜点，这是灰棚，上面是平顶的，比较正式的房屋，钱可以省一半多。——这样在屋后面拖一间的灰棚，在北京叫作老虎尾巴。现在我是住在老虎尾巴里了！"

北京鲁迅博物馆院内的鲁迅雕像

在鲁迅的日记里，把将要诞生的"老虎尾巴"昵称为"虎尾"。尽管这间小屋只能到"棚"的级别，鲁迅却对这间从设计、建筑、装修、房间布置都倾注了很大心血的"老虎尾巴"，有一种溢于言表的喜爱。

"'老虎尾巴'只是鲁迅私下对自己这间小屋的称呼，他还在公开的文章中给他的虎尾起了一个雅称——'绿林书屋'。"刘晴说。从"老虎尾巴"的西式大玻璃窗向屋内看去，可以看到鲁迅的书桌、藤椅。

刘晴特别介绍了桌上的一盏中号高脚煤油灯。"这样一件看似普通的照明用具，在 1962 年被定为国家一级文物，鲁迅居住在西三条期间，因为这里不通电，夜晚创作没有煤油灯相伴是不可想象的，在鲁迅的散文诗《秋夜》和《好的故事》中，这盏煤油灯都有特写镜头。"

世代守护鲁迅精神

在鲁迅故居，我们与这位大文豪有了跨越时空的交集；面对着周令飞，我们从文学中走出来，好似看到一个人间的鲁迅。

周令飞是鲁迅的长孙，"令飞"这个名字，是他的祖父鲁迅曾用过的笔名，是和他一起在北京生活了 15 年的祖母许广平给他取的。

现在，周令飞有多个身份：鲁迅文化基金会会长兼秘书长、北京语言大学鲁迅与世界文化研究院院长、鲁迅美术学院客座教授等，而他更愿意以文化工作者的身份介绍自己。

在绍兴鲁迅文化基金会见到周令飞时，我们有种穿越的感觉。

他方脸，浓眉，蓄着鲁迅标志性"一"字形胡子。若不是其挺拔的高个和现代穿着，我们差点不能从想象中抽离出来。

"事情比较多，中午还约了工作。"今年 70 岁的周令飞思维敏捷，工作节奏很快，说着带京腔的标准普通话递给我们两本刊物，一本是

周令飞在祖父鲁迅及父亲周海婴的照片前留影　鲁迅文化基金会 / 供图

北京绍兴会馆旧照　鲁迅文化基金会 / 供图

《鲁迅文化基金会成立十周年特刊——故乡》，另一本是《鲁迅与世界文豪》。

他说："这两本刊物里面有写我在忙的事情。"刊物的卷首印着周令飞的头衔。"如果从众多身份中选一个的话，我希望向大家介绍我是一个文化工作者。"周令飞回想了一下，"从 1970 年开始，我实际上从事文化工作已经 50 多年了，做摄影、做影视、做策展、做制作人、做国际传播，到现在的公益基金会，一直都在文化行业里面。"

周令飞全身心聚焦鲁迅文化的传播，是在 1999 年。那一年，他在父亲周海婴的感召下，走上了守护鲁迅精神文化的道路。此后，周令飞就一直致力于推广发扬鲁迅精神文化，并推动现代中国文化创新发展。

2012 年，周令飞创办鲁迅文化基金会，业务范围比其父周海婴 2002 年在上海发起的上海鲁迅文化发展中心更广，意义也更深，业务也逐步迁到北京。

这一步，让周令飞回到了熟悉的北京。

在北京成为"鲁迅"

与 31 岁才踏进北京的周树人不同，周令飞生在北京，长在北京。"北京对我来讲，是一个启蒙我成长的地方，那一段时期我感觉特别幸福。"

周令飞微笑着回忆："我从小就看着父亲在家里研究艺术和摄影，他也会带我出去见很多文化名人，在这样的文艺氛围里浸泡下长大，我后来一直做文化也就不奇怪了。"

特别重要的是，周令飞觉得自己的三观是在北京养成的，"我在北京接受了许多正能量的教育，所以我很感激北京"。

这和北京对鲁迅的影响一样，周树人就是在北京成了鲁迅。

"这三个地方组成了鲁迅在北京的重要足迹。"周令飞说，"绍兴会馆是他首度使用鲁迅笔名创作《狂人日记》《孔乙己》的地方；八道湾是他创作出《阿Q正传》的地方；现在的北京鲁迅博物馆是保存最完整的一处鲁迅故居。"

周令飞还有一个身份——北京绍兴企业商会名誉会长。对于在京的绍兴人，周令飞有个朴素希望：更多地去了解自己的故乡，了解绍兴，了解绍兴的群体，这样才能做好自己，也能长久发展。

"你可以说我一定要为北京做点事，但你如果不愿意为家乡付出，哪怕做一点小事，我觉得是不合格的。"周令飞觉得，这也是"繁茂的藤蔓"的意义。

除了绍兴人，周令飞还关心绍兴在北京的独家印记。他一直关心北京绍兴会馆的情况，"我希望社会各界能共同努力，保护好这一历史古建，让它发挥更大的作用，在北京展示绍兴的过去、现在和明天"。

呈现一个"人间鲁迅"

周令飞形容，现在的北京对他来说，更像一个"大脑"。"鲁迅文化基金会是一个全国性的国家一级基金会，所以需要从北京来辐射到全国甚至全球。"

我们看到，在他办公室一块写满日程的白板上，列着多个在北京办的活动，还包括京绍互动。

"京绍互动很有意义，比如2023年是《呐喊》小说集发表100周年，小说虽在北京发表，但它里面许多文章写的是绍兴的事情。"周令飞说。2023年9月16日，基金会在北京举办了百年纪念的研讨会。

"鲁迅当时的呐喊是反封建，为了民众的觉醒，但我们今天，要为中华民族伟大复兴而呐喊。"这是周令飞对今天重温这一部小说，以及在北京举办活动的意义的理解。

周令飞觉得，京绍互动的意义还在于，大家可以看到一个不一样的鲁迅，人间的鲁迅。"我们今年在做一个短视频纪录片，就叫《人间鲁迅》，在北京和绍兴两地拍摄，尽量还原当时鲁迅的生活环境和他的思考。"

周令飞曾在多个场合呼吁，希望了解一个"人间鲁迅"。他解释道，在读鲁迅文章时，觉得很难懂，原因可能就在于我们不了解它的时代背景，没办法进入到他的那个空间里去。

所以从 2006 年开始，周令飞和他父亲就提出"鲁迅是谁"这个概念，就是在学术研究以外，从各方面把一个"人间鲁迅"呈现给大家，这也正是鲁迅文化基金会一直在做的"鲁普"工作。

《人间鲁迅》这个短视频，就是其中的实践。作为主策划，周令飞说，他的出发点就是希望让年轻人了解一个立体的鲁迅。"过去谈鲁迅，我们基本是通过文本了解他，但我们今天提出立体阅读，就是要用年轻人喜欢的方式。"

周令飞很潮，"我现在还在带研究生，把鲁迅的作品做成动漫的工作"。为了让现在的年轻人身临其境地去了解鲁迅，他和团队还尝试现在流行的虚拟空间，比如用元宇宙去展示那个时代环境下的立体鲁迅。"创造空间和方式，让更多的人去理解、去接受、去学习，这非常重要，也是现在这个时代我们要做的事情。"

在绍兴对话世界

现在，周令飞把更多的时间留给了故乡绍兴。

"中国人有一句话叫作落叶归根，我在绍兴的感觉是落叶知根。"对于绍兴，周令飞是熟悉的，也是陌生的。他父亲没有生在这里，他也没有，但爷爷著作中对故乡绍兴的描绘，他是熟悉的。

"我知道自己祖辈都在这里，因为根在绍兴，所以我打心里能跟故乡产生共鸣。"从 2000 年开始，周令飞和父亲与绍兴开始较多地互动，随着次数的增多，对故乡的感情也就越来越深，"如果把自己定位为过客，肯定不会有这种感觉"。

周令飞的心在绍兴扎了下来，全身心致力于他喜欢的文化工作。

经过前期精心的准备，鲁迅文化基金会于 2014 年启动了"大师对话——鲁迅与世界文豪"活动。

当年的第一次对话是"鲁迅与雨果"，活动先后在法国和上海、绍兴展开。那次对话以后，法国先后派人来寻访鲁迅故乡，还有法国的中学主动提出建立对口交流关系。

之后，"鲁迅与托尔斯泰""鲁迅与泰戈尔""鲁迅与夏目漱石""鲁迅与但丁""鲁迅与海涅""鲁迅与马克·吐温""鲁迅与萧伯纳""鲁迅与安徒生"系列对话活动陆续在鲁迅的故乡绍兴开展，世界文豪与鲁迅跨时空的对话，开启了绍兴文化走向国际的新篇章。

2023 年是"大师对话"十周年，就在 5 月，大师对话系列在绍兴迎来第十场 ——"鲁迅与裴多菲"中匈文化交流活动。两国文学研究专家相聚一堂，共同探讨鲁迅、裴多菲与中匈文学、中匈文化。

"文人之间的交流，文学之间的对话，就像一滴墨落在宣纸上一样，最容易浸润人心。"经过周令飞和团队的努力，中国文化重镇绍兴，也由此被世界更多地感知和认识。"绍兴走向世界，也是中国走向世界，绍兴文化走向世界，就是中国文化走向世界。"

2023 年，周令飞率代表团去三个国家交流访问，包括安徒生的故乡丹麦、易卜生的故乡挪威、裴多菲的故乡匈牙利。12 月份的"鲁迅文化论坛"也是 2023 年他的重点工作。"我们只是河流里的一滴水，希望有更多的人参与进来，促进中国文化和世界文化的交流。"

绍兴越城区孙端街道的安桥头村，是鲁迅先生笔下《社戏》中魂牵梦绕的外婆家，周令飞 2022 年选择在这里设立了工作室，主要工作是支持绍兴的乡村振兴和文旅发展。

"我真希望大家都来这个美好的地方。"如今，在鲁迅文化基金会的积极推动下，安桥头村再现了鲁迅笔下的西瓜地、祝福、社戏等场景。2022 年鲁迅短篇小说《社戏》发表 100 周年的时候，周令飞还策划了首届"水乡社戏"活动，"当时人气很旺，希望以后也是这样"。

如今，周令飞引进鲁迅美术学院动漫基地落户安桥头村。作为客座教授，周令飞每年带他的 10 位研究生在村里创作。

70 岁，是一个本该退休的年龄，以后日子怎么过，周令飞已经想好了。"在传播鲁迅文化这条路上，其实有很多的人，我要做的工作，就是继续铺路、开路，带着喜欢鲁迅文化的青年们，继续沿着这条路一直走下去。"

⓯

一份《京报》诠释一生！邵飘萍身上的时代精神永不过时

北京有不少建筑与浙江人有关。比如，我们眼前的京报馆旧址（邵飘萍故居）。

位于北京市西城区魏染胡同的京报馆旧址，是一幢半西式的灰色二层楼房，坐东朝西。邵飘萍故居（32 号）和京报馆旧址（30 号）紧紧挨着。故居在东，为东西二进传统院落；报馆在西，是一幢二层砖木结构的临街主楼。

邵飘萍，浙江东阳人。作为中国现代新闻先驱，他被誉为"新闻全才"。1918 年 10 月，邵飘萍创办《京报》，后成为中国共产党早期秘密党员。

《京报》反帝反军阀旗帜鲜明，是传播马克思主义的重要阵地。1926 年 4 月 26 日，传奇报人、革命志士邵飘萍被奉系军阀杀害。2021 年 6 月，作为中国共产党早期北京革命活动旧址之一，京报馆旧址修缮一新后对外开放。

2023 年盛夏，200 多米长的魏染胡同绿树成荫，显得特别幽静。在邵飘萍嫡孙邵澄的陪同下，我们再次探访京报馆旧址。

繁茂的人文藤蔓，让我们一起追寻时光，听邵澄讲述祖父邵飘萍的故事，共同见证百年前这位来自浙江的中国共产党秘密党员用生命追求光明和真理的奋斗足迹，探寻他新闻救国的理想。

死不择音为人民

1918 年 10 月 5 日，《京报》诞生于前门外三眼井 38 号，后迁到琉璃厂小沙土园胡同 21 号。1925 年 10 月，京报馆迁到了魏染胡同。

"1926 年祖父牺牲时，父亲尚且年幼。我对祖父的印象，基本来自祖母和父亲的讲述。"邵澄说，"最近几年我看了不少资料，对祖父的一生进行了较为系统的研究，开始逐步地了解他、走近他。"

在京报馆旧址的进门处，邵飘萍题写的"铁肩辣手"四个字铿锵有力。

"这是祖父写来勉励新闻界同人和他自己的一句话，出自明代著名谏臣杨继盛的那句'铁肩担道义，辣手著文章'。祖父从青年时期就非常喜欢这句诗。"邵澄说，"祖父虽是一介文弱书生，但在他看来，'铁肩'是指担当，新闻记者要承担起振兴国家的道义和正义，要有社会责任感；'辣手'是指新闻报道特别是时政新闻评论要文风辛辣，要有独立见解。'铁肩辣手'是《京报》的办报宗旨，也是祖父胸怀真理、不畏强权的倔强性格的真实写照。"

邵飘萍与毛泽东也颇有渊源。1918 年 10 月，北京大学新闻学研究会成立，邵飘萍被聘为讲师，这是中国第一个新闻学研究团体。听课的学生中有不少进步青年，其中包括毛泽东、高君宇、罗章龙等人。据《毛泽东年谱》载，1919 年 2 月 19 日，毛泽东参加北京大学新闻学研究会改组大会，听邵飘萍讲授《新闻工作的理论与实践》。那一时期，毛泽东与邵飘萍有过很多交往，建立了亦师亦友的关系。

邵飘萍不畏强权，对军阀、政客毫不留情的文风，对年轻的毛泽东产生了巨大影响。毛泽东本人也一直对邵飘萍心存敬意，他在陕北与美国记者埃德加·斯诺谈话时曾高度评价："特别是邵飘萍，对我帮助很大。他是新闻学会的讲师，是一个自由主义者，一个具有热烈理想和优良品质的人。"这段话，而今镌刻在邵飘萍故居一处墙上。1949 年 4 月，毛泽东亲自批文追认邵飘萍为革命烈士。

邵飘萍所题"铁肩辣手"

在公众眼里，邵飘萍是当时白色恐怖下新闻界的一个斗士。"布衣将军"冯玉祥曾经夸赞："飘萍一支笔，胜抵十万军。"

1926 年 4 月，张作霖、张宗昌部攻入北京，开始大肆抓捕进步人士。白色恐怖中，邵飘萍没有退缩，他说："现在别人不能讲话，所以我不能跑。我要写，我要说，死也要讲！我舍生取义，死不择音为人民，无遗憾！"

心中有信仰，肩上有担当，笔下有力量。他用自己的行动，深刻诠释了这句话的含义。

《京报》问世后，注重时政报道和评述，积极传播马克思主义，配合党的北方革命活动，很快在读者中树立起正义与进步的形象。问世不到一个月，《京报》的发行量就从 300 份增至 4000 份，最高时达到 6000 份。这在当时的北京是首屈一指的！除了每天出两大整张报纸外，《京报》还相继出版了《京报》副刊、《莽原》等 10 多种副刊。鲁迅就是这些副刊的主编之一，他的一些脍炙人口的名篇，如《灯下漫笔》等杂文、小说，都是通过《京报》的这些副刊发表的。

2023 年夏天的北京很热，白天最高气温多半在 37℃以上。但我们在京报馆旧址看到，来此参观的游客络绎不绝。"每年'七一'前后，组团前来参观学习的游客尤其多。"工作人员对我们说。

铮铮铁骨一直是榜样

"祖父利用自己合法的身份，利用《京报》这个舆论工具，宣传马克思主义，为早期的中国革命作贡献。"作为嫡孙，邵澄为此非常自豪。

祖母汤修慧曾告诉邵澄，邵飘萍非常勤奋，"每天写时政报道和评论，有时盘腿一坐就是三四个小时，都不带挪窝的"。

　　京报馆旧址与邵飘萍故居临街有两个门，平时是独立进出的。但京报馆和故居之间，至今有两个小通道。邵澄带我们看了其中一个通道。"报馆是工作区，编辑部在二楼，那时家属和孩子一般是不允许去的；故居是个二进四合院，属生活区。"邵澄解释说，"这个小通道，连通两个区域。当年我祖父在报馆经常工作到凌晨一两点钟下班，就是走这个小通道回的生活区。"

　　邵澄出生在魏染胡同。他在这里生活了 50 多年，至今他的身份证上登记的地址，依然是魏染胡同 32 号。小时候，他在祖母、父亲的叙述中了解到祖父的事迹。如今虽然已搬离，但视魏染胡同 32 号为家的感觉，在邵澄心里始终是存在的。

　　"祖父身上有一种锲而不舍的精神。他锲而不舍地把老百姓的冷暖疾苦放在心里，所以干新闻工作能干得那么好。而且还成了中国共产党的早期秘密党员。"邵澄说。

　　直至牺牲，邵飘萍的党员身份都没有公开。到 20 世纪 80 年代，邵飘萍的秘密革命行为，才被罗章龙等人披露于世。

　　邵飘萍的夫人汤修慧也是中国近代著名新闻记者，与邵飘萍并称"夫妻报人"。邵飘萍牺牲后，勇敢的汤修慧继承夫志，于 1928 年继任《京报》社长，一直坚持到 1937 年抗战全面爆发后停刊。她活跃于新闻界，被称作"新闻女侠"。

　　"我发现，祖父个性的养成，比如嫉恶如仇，跟曾祖父的家庭教育很有关系。我曾祖父是清朝的一个贡生，常替穷人义务写诉状打官司，为弱势群体鸣不平。这些，对祖父的影响非常大。文天祥、岳飞等民族英雄，就是他幼年的偶像。"

　　作为邵飘萍嫡孙，邵澄坦言，祖父的品格与精神对他们兄弟姐妹的成长有着不小的影响。邵飘萍的铮铮铁骨，也给子孙树立了榜样。

新闻讲求真实、客观、公正。"一个人可以不说话，但一定不能说假话。小时候，祖母经常这样叮嘱我们，做人要正直。"邵澄表示，"祖父作为一个报人，仗义执言，宁死也要为人民'说话'。"

人们以各种方式纪念邵飘萍

自 2021 年 6 月京报馆旧址对外开放以来，"《京报》与京报馆专题展""百年红色报刊专题展""邵飘萍生平事迹专题展"等展览先后向公众开放，最大限度地还原了历史场景。

庭院里，那尊青铜色的邵飘萍塑像，坐北朝南，备受参观者景仰。

我们初次结识邵澄，是在京报馆旧址开放后不久。那天，邵家五兄妹特意送来一个大花篮，端放在祖父邵飘萍塑像前。

从那以后，邵澄经常回到这个院子。在这里，他接受过全国多家媒体的采访，告诉大家"心目中的祖父"；在这里，他接待了来访的少先队员和"小记者"，和孩子们一起分享邵飘萍生平事迹。

2021 年 6 月，在邵飘萍塑像前，邵澄寄语现代青年人：第一，要热爱祖国和人民，要有责任心并且胸怀抱负；第二，要关心国家大事和世界大事，勤奋学习，博览群书，扩大知识面；第三，做事要有毅力，持之以恒。

退休后，邵澄默默地把保护和传承邵飘萍文化遗产的重任扛在肩上。他表示在有生之年要做的工作，主要是考证、考究一些有关祖父的历史细节，以及站在家人的角度，还原一个完整的邵飘萍，"比如祖父和祖母之间的通信，祖父的一些生活细节，以及他的侠骨柔情"。

我们非常有幸，曾经读过邵澄写的《祖父邵飘萍生前的最后一个生日》等多篇文章。通过这些文章，我们仿佛看到了那个才华横溢且有血

京报馆旧址

2021年6月，邵家兄弟姐妹在京报馆旧址内留影

有肉、有情有义的邵飘萍。

邵澄说，邵家人一直有把这个院落办成博物馆的想法。"20 世纪 70 年代，我们曾想自费创办博物馆，主要是想把祖父的文化遗产发扬光大。后因种种原因而未果。"邵澄说，"2020 年 3 月，北京市将京报馆旧址列为'中国共产党早期北京革命活动旧址'之一，进行保护修缮。我们全力支持并配合。"

邵飘萍是浙大知名校友。1906 年，他毕业于金华一中前身——金华府中学堂，考入浙大前身——省立高等学堂。而今，在浙江大学校史馆内有一幅长卷油画，画卷上 99 位浙大知名校友或立、或坐，栩栩如生，第二位就是邵飘萍。在浙大华家池校区的东边，还有一条风景优美的飘萍路。时有学子骑着自行车来来往往，白衣飘飘，青春飞扬。

邵飘萍是中国新闻界的一面旗帜。以他名字命名的新闻奖——"飘萍奖"，是浙江省新闻工作者协会主办的评选表彰全省优秀新闻工作者的最高奖项，每两年评选一次。

东阳紫溪是永远的故乡

邵澄告诉我们："我祖父是喝家乡水长大的寒门慧子。"在邵澄心里，除了魏染胡同 32 号，他还和祖父、父亲一样深爱着家乡浙江东阳紫溪村。"东阳紫溪，是我们永远的故乡。"邵澄说。

"我们身在北京，但和金华、东阳以及紫溪村的互动非常多。在我们家乡，人们也以各种方式纪念祖父。"邵澄说，"金华市中心的婺江公园竖起了邵飘萍雕像。东阳市南市街道有所飘萍小学，学校内还有邵飘萍纪念馆；还有金华市区的邵飘萍故居等。这些，都成了我们邵家人与家乡之间的联系纽带。"

　　邵澄记得很清楚，2022 年 11 月 8 日第 23 个中国记者节，位于紫溪村的邵飘萍纪念馆重新修缮后正式对外开放。为此，邵澄还专门撰文："在北京的胡同深处，在家乡东阳的古老厅堂里，大家不约而同地沿着飘萍足迹重温飘萍岁月……"

　　有此同感的，还有浙江省东阳市委党史研究室副主任张敬。通过张敬的描述，我们对邵飘萍"新闻救国"之路出发地有了更深的了解。1886 年 10 月 11 日，邵飘萍在东阳紫溪村"御史第"东厢房呱呱坠地。几个月后，尚在襁褓中的他就随父亲邵桂林离开故乡迁往金华。从此，身世浮沉雨打萍。

　　"邵飘萍出生在东阳紫溪村，童年、青少年时期都在金华度过。所以在东阳紫溪村和金华两地，都有邵飘萍纪念馆。"张敬说。

　　张敬还告诉我们，在紫溪村的邵飘萍纪念馆内，可以读到罗章龙写于 1984 年的诗，题为《纪念邵飘萍同志》："亢斋革命先行侣，北大新闻实首倡；创业成仁开世运，千秋纪念邵东阳。"

　　正如北京京报馆旧址"邵飘萍生平事迹专题展"中说的那样："邵飘萍和他的时代已经远去了……他身上具有忧国忧民、坚决同黑暗反动势力作斗争的精神，这种精神与百年来一代代中国共产党人所蕴含的胸怀大义、追求真理、舍生忘死，为中华民族自由解放而奋斗的红色基因一脉相承。"

　　邵澄说，2023 年 4 月，电影《邵飘萍》已通过国家电影局备案，立项公示。"电影剧本两年前就已经完成了，"邵澄说，"如果开拍，肯定会到紫溪村取景。"

　　"邵飘萍红色的一生，是紫溪村、东阳乃至金华的骄傲。我们期待家乡和家乡的人能一起被搬上银幕。"张敬表示。

⑯
南花北移，璀璨京都！北京越研会了不起的 36 年

北京市海淀区石油社区，中午 12 时。排练了一个上午的王蔚丽和一群姐妹吃过中饭，便急匆匆开始化妆，她们要为下午 2 时开始的演出做准备。

王蔚丽是北京越剧艺术研究会（后文简称越研会）会长。这天，她们受到邀请，前来石油社区为居民们进行"新时代新征程·丹心向党铸辉煌"的公益演出。

加拿大渥太华，午夜 12 时。结束了一晚上的学员培训，孟伟终于开车回家了。一路上，哼着越剧《何文秀》中的《桑园访妻》选段，想着 7 月底就可以回到北京，她的心情就飞扬起来。

孟伟是北京姑娘，也是北京越研会会员。2017 年，她在渥太华创办了加拿大孟伟越剧艺术传习所（暨孟伟越剧社），至今已培训学员 50 多名，成为一支活跃在当地的戏曲传播表演艺术团体。

从北京到加拿大，36 年来，北京越研会一直本着"普及越剧 培养观众 南花北移"的宗旨开展工作，走进社区、部队、高校等地公益演出近 200 场。"目前在北京，越剧已经有了一定的市场，培养了一批年轻戏迷，受到首都人民喜爱。"王蔚丽说。

与此同时，在她们的带动下，越剧也已经走出国门，走向世界。"许多外国人也非常喜欢越剧文化，喜欢越剧的清秀、典雅，特别是越剧所承载的中国传统文化底蕴。"孟伟说。

越剧是我国第二大剧种，发源于浙江绍兴嵊州，被称为"流传最广的地方剧种"，在国外被称为"中国歌剧"。繁茂的人文藤蔓，让我们一

起探访越研会，看越研会成员如何让传统艺术在北京绽放新时代之花、奏出时代强音。

北京姑娘唱越剧传为佳话

"越研会一直没有固定场地。当初成立时，注册地址放在了一个副会长家里。"王蔚丽说。

从成立之日起，越研会就与浙江有着深厚的渊源。据王蔚丽介绍，成立于 1987 年 9 月的越研会，由著名越剧艺术表演家袁雪芬和原北京红旗越剧团副团长丁苗芬共同创办，袁雪芬任总顾问。

袁雪芬和丁苗芬都是浙江嵊州人，在中国越剧史上有着举足轻重的地位。

袁雪芬是越剧袁派创始人，她一生与越剧为伴。她灌录过第一张女子越剧唱片，拍摄了新中国第一部大型彩色戏曲影片《梁山伯与祝英台》；她与梅兰芳等作为戏曲界特邀代表出席 1949 年的开国大典；她是国家级非物质文化遗产项目越剧代表性传承人，首届中国戏剧奖·终身成就奖的获得者……

丁苗芬是著名越剧表演艺术家，曾在《唐知县审诰命》中饰唐知县，受到周恩来总理的鼓励。

"因为市场原因，红旗越剧团于 20 世纪 80 年代解散。丁老师觉得，越剧戏曲文化如果在北京消失了，那是非常可惜的。"王蔚丽说，"所以她就创办了京越戏曲艺术学校，自己担任校长，招了一些北方姑娘。'北京姑娘唱越剧'一时传为佳话。"

在"京越"，学员们经过正规的培训后，就具备了基本的表演技能。这时，丁苗芬就和袁雪芬商量，决定成立一个剧团，以便这些会唱越剧的姑娘们将来走上舞台，将越剧艺术发扬光大。于是，北京越研会由此诞生。

王蔚丽翻出一张她珍藏已久的老照片给我们看。这是袁雪芬和丁苗芬的一张合影，照片中两位已经仙逝的越剧艺术家仿佛含笑看着大家。"越研会当初组建，无论是成立的基本条件，还是成立后的艺术市场定位，袁老师都给予了大力帮助。"王蔚丽深情回忆说，"她还对越研会的未来发展提出了许多建设性意见。运营过程中，每当我们遇到困难，她有求必应，必定伸出援手。"

"越研会是一个社会团体，它的主要成员基本是京越戏曲艺术学校毕业的学员。"王蔚丽说，"另外，还招收了一些越剧爱好者，她们主要是做一些事务性、支持性的工作，比如幕后、舞台监督等。"

祖籍宁波的王蔚丽，就是京越戏曲艺术学校毕业的学员。"小学时，我第一次看越剧《红楼梦》，就喜欢上王文娟老师演的林黛玉了，当时觉得特别好看，而且好听。"王蔚丽表示，因为身处北京，她只能不停地从广播里、收音机里学习、模仿越剧表演。"后来看到京越戏曲艺术学校招生的信息，就按照招生电话联系找了去，唱了一段林黛玉的《焚稿》，被录取了，主攻花旦。"

毕业后，恰逢越研会成立，王蔚丽就顺理成章成了越研会的会员，一路从普通会员到会长助理、副会长、常务副会长，2014 年起担任会长。

36 载春秋，越研会的演员们努力钻研越剧艺术，刻苦学习流派唱腔和行当表演，有 8 位演员分别成为著名越剧表演艺术家徐玉兰、王文娟、傅全香、金彩凤的弟子。"同时，舞美、灯光、道具、化妆、音响等专职人员，一应俱全。"王蔚丽表示，"这使越研会对传承流派、弘扬越剧具备了更强的实力。"

袁雪芬（右）与丁苗芬合影

越歌《我和我的祖国》剧照

多年来，越研会在北京、上海、天津等地舞台上多次展示艺术风采。她们先后上演了《红楼梦》《梁山伯与祝英台》《碧玉簪》《西厢记》等优秀传统剧目，以及改编历史剧目《唐伯虎点秋香》、原创新编越剧《黄道婆》等 20 余台越剧全剧，还上演了近百出越剧折子戏。不仅为北京市的"戏曲进基层""戏曲展演"等活动贡献了力量，还曾三次赴上海天蟾逸夫舞台参加国庆庆典、世博会专场等演出，受到了上海观众的热烈欢迎，也得到了一批老艺术家的充分肯定。

王蔚丽是著名越剧表演艺术家王文娟的弟子。"我永远记得，2006年 10 月 27 日，是我拜师的日子。前一天，王老师在北京观看了我演出的《红楼梦》选段《焚稿》，觉得我'王派'唱得不错，便爽快地同意收我为徒。举行正式拜师仪式时，她把我和许静同时收为弟子。"王蔚丽说。

其后，因为王蔚丽居住在北京，王文娟在上海，师徒间的互动虽没有那么频繁，但王文娟常常趁着到北京的机会给予王蔚丽指导。王蔚丽记得，她和许静在 2010 年公演《红楼梦》，王文娟亲自到京指导并观看演出。演出前排练时，王文娟还跑到化妆间，从唱腔、身段、化妆等每个细节，都给予指导。

在越研会，不止王蔚丽、许静有幸得名师指点，徐玉兰的弟子侯学军，傅全香的弟子王小红，金采风的弟子李扬、陈英，也都在艺术表演上得到这些越剧名家的亲传亲授。

王蔚丽说："特别是我们到上海演出时，几位老师都热心地帮着忙前忙后。不仅帮着与当地的剧场沟通，提供道具及各方面条件，还亲自到场看我们演出。在演出结束后，还专门组织专题座谈会，为越研会的发展和演员的表演提出难能可贵的具体指导。"

坚持送戏进基层，撒播越剧种子

越剧在北方有市场吗？

在石油共生大院演出现场，北京专业性社团联合党委书记赵孟营回答了这个问题。他表示，越剧在北京还是有一定的群众基础。"听越剧、理解越剧，对北方人来说可能有点困难。但北京有 2000 多万人口，并不都是北方人，也有很多南方人。这部分南方人和那些理解越剧的北方人，就是越剧在北京的观众。"

赵孟营还说："即使是从小生长在北方的居民，如果越剧本身的传播力、艺术感染力到位，也一定能够感染北方的观众。所以问题不在于在什么地方，而在于越剧在传播的过程当中，你的艺术表达、艺术呈现和艺术编排能否让观众感受到它的艺术魅力。地不分南北、人不分老幼，都是可以欣赏的。"

"关键还是如何培育观众。抓住了观众的心，也就抓住了北方市场。"王蔚丽也这么认为，"这就需要我们坚持不懈地传承越剧艺术，弘扬越剧文化。"

在王蔚丽看来，保持演出节奏可以起到事半功倍的效果。"功夫在戏外。平时不间断排练，'逮'机会就进基层上台演出。只有进到最基层，才能让百姓熟悉这个声音，接受这个腔调。"她说，"观众熟悉了、喜欢了，后面'追戏'就是自然而然。"

这些年，越研会的演员们坚持"送戏"到学校、工厂、部队、社区等地，每年公益演出五六场。"我们每走一个地方，把越剧种子撒下去，然后让它慢慢地扎根、开花、结果。"王蔚丽说。

越研会目前共有会员 130 人，年龄段呈老、中、青三代分布，以祖籍为北京、浙江、上海的居多。"因为热爱，所以坚持。"就是她们的真实写照。

36 岁的杨萍是浙江台州人，成为越研会会员已有 20 个年头。采访时，她这样说："民族的文化自信来自历史底蕴，而诗词、戏曲等正是历史底蕴的表达。希望越来越多的年轻人喜欢戏曲。"而她，就是喜欢戏曲的那个年轻人。

杨萍做的是默默无闻的幕后工作，起先是字幕，现在管字幕、音乐和大屏背景。和南方的越剧团有自己的乐队不同，身处北京的越研会养不起一支乐队，她们演出用的是伴奏音乐。杨萍负责的，就是这项工作。"就是幕后跟台前要协调。比如这段唱完了，需要停了，你就得'掐掉'。得把一个带子截成很多段，'掐'演员表演的'点'，到哪儿了你就放哪一段音乐。"杨萍解释说。

和杨萍一样做着幕后工作的，还有何申琳。何申琳是从越研会元老级人物寿维秦那儿"接"过的舞台监督和道具管理工作。何申琳和寿维秦都是上海人。搬道具可不是一件容易的事，因为它不是简单地把道具搬来搬去；而是要掌握全部的戏，还要一丝不苟地全程参加排练，得记住每一场演出时大小道具安放的位置。虽然辛苦，但何申琳跟寿维秦一样任劳任怨。

因为热爱而加入越研会的，还有金秋美和吕美琪。她俩同为浙江绍兴人，也有共同特点，一是零基础，二则都是在退休后才找过来的。退休前，金秋美是北京大红门做窗帘生意的浙商，2019 年因非首都功能疏解，她干脆停了生意，"玩"起了越剧。北京医院退休职工吕美琪，则是典型的越剧"发烧友"，每逢浙江有越剧团进京演出，她都买票追戏。在越研会几年"跟"下来，她俩现在都能上台演出了。

加拿大亚裔文化节演出后，嘉宾与部分参演人员合影留念

跨国追戏，让越剧走向世界

越研会的演员还有个特点：痴迷、好学。每当遇到科班出身的越剧演员，她们会抓住一切机会学习、请教，提升越剧文化修养和个人演技。

2021年10月底，海淀区中关村举行第五届互联网公益运动大会。我们就是在那次活动上第一次认识了王蔚丽、孟伟。当时，嵊州越剧团携两出经典折子戏——《梁山伯与祝英台》中的《十八相送》和《碧玉簪》选段《手心手背都是肉》，在中关村做了一次"快闪"。

那天，王蔚丽也兴致勃勃登台，和嵊州越剧团的演员们来了段《红楼梦》选段《天上掉下个林妹妹》。这段"京浙对唱"，把现场气氛推向高潮。

孟伟刚好从加拿大回到国内，她也出现在"快闪"现场，堪称跨国"追戏"了。她跟嵊州越剧团副团长裘巧芳来了一段现场交流版的《桑园访妻》后，表示自己学到了很多。"无论是从唱腔、吐气、咬字，还是表情动作，让我不虚此行！"

在她俩的带领下，中关村"码农"们不仅看得入迷，还纷纷比画着上台学艺。"水袖技巧展示""唱腔与站姿模仿"……在演员们手把手的指导下，"码农"们挨个上台，非常踊跃。

也是在那次活动现场，王蔚丽满是感慨地说："抓住了年轻人，就是抓住了越剧的未来。"

这几年，越研会克服重重难关，把《西厢记》送进了北京高校。"效果非常不错，年轻人也很喜欢。送戏进高校，是我们努力的一个方向。"王蔚丽说，"大学生普遍有一定的文化积累，当你把一本书或一段历史用越剧表现出来，呈现在他们面前时，很容易引起共鸣。"

孟伟是个热心人。她定居在加拿大渥太华，不仅自己创办了一个越剧社，还于 2021 年中秋节那天，牵头组织了一场"越聚月缘·海外华人中秋越剧网络演唱会"。当天，加拿大、美国、意大利、荷兰等 9 个国家和地区 12 个城市的越剧爱好者参加了活动。

2023 年夏天，孟伟在微信里表示："有没有可能，把嵊州越剧团的专业演员请到加拿大，让她们现场给我们这些海外越剧爱好者点拨点拨？"

"传承并传播越剧，我只是尽了自己的绵薄之力，"孟伟说，"在海外，特别是华人中间，风格柔美的越剧还是有着不小的市场，非常流行。因为它代表了中国传统文化，而中国，是我们中华儿女的根。"

创新传承，奏出时代强音

36 年来，越研会在北京一直过着清苦日子。没有固定场地、没有赞助，支撑她们走过 36 个春秋的就是会员费，极其微薄——以前是每人每年 100 元，前几年涨到了 200 元。

"大家早就习惯了，向来是精打细算过日子。除了道具是越研会的资产外，演出用的衣服等，都是演员们个人自掏腰包置办的。"王蔚丽说。

也正是这样的运营模式和"精打细算"，让越研会平稳度过了三年疫情。对此，赵孟营给予了高度赞扬。

"北京市共有 73 个专业性社团，只有越研会采用这种模式。我们上次调研时发现，这是一个现代化程度非常高的社团。按照现代社团的标准，用社团成员会费的方式来维持自己生存，这样的社团才是最有韧性的。"赵孟营说。

"依靠会员主动交纳会费来维持正常活动，看起来资源不多、费用不多，可是能够自我维持。这样的组织才有韧性，它能够经得起风浪。"赵孟营进一步解释说，"看似平平淡淡往前走，却能走得很远。她们只要坚持，社团就能'活'得很久。"

越研会成员以创新传承的方式，让自己活得更加精彩。

在传统经典剧目的基础上，她们近些年排练了不少现代元素十足的戏。在 2023 年 6 月 20 日下午的演出中，她们尝试用越剧演绎红歌，让吴越文化跨越地域与时空。那天，她们表演了《江姐·绣红旗》《红色娘子军》选段《待到山花烂漫时》、越剧流派联唱《没有共产党就没有新中国》、越歌《我和我的祖国》等 7 个节目。

"没有共产党就没有新中国……""我和我的祖国，一刻也不能分割……"当耳熟能详的音乐响起，虽然越研会的演员们用的是地方方言及越剧腔调，但现场观众雷鸣般的掌声说明了一切。

日历翻到一年多前。2022 年 2 月 27 日，越研会与知名导演顾学风合作的现代实验越剧《我在天国祝福你》在北京首演，更贴近现实生活的题材吸引了不少年轻人观看。

"面对新时代观众对文化艺术的需求，探索创新成了主要的任务。《我在天国祝福你》这部戏，也是越研会的一次全新尝试。"王蔚丽说，"脱离了戏曲的水袖、台步，穿着现代服装，用越剧去扮演现代生活中的男性，对女演员来说是个巨大的挑战。"

这部戏光是筹备就历时三年，走过了许多曲折的路，克服了时间、地点、人员等种种困难。"好在有各方人士的相助，才促成了这部戏最终走上舞台。这个剧本打动了顾学风导演，他愿意无偿出任导演；浙江宁波市小百花越剧团团长王斌樵帮助我们制作了音乐；天津越剧爱好者闫世瑞为我们写了曲谱。他们兢兢业业、无私奉献的精神，一路鼓舞着我们坚持到底！"王蔚丽说，"实践证明，这种探索与创新是非常有意义的。"

17

小文创里有大文章，这位浙商跟奥运结下不解之缘

北京是世界上首座"双奥之城"，在这里发生了太多令全世界瞩目的奥运故事。

沿着繁茂的人文藤蔓，在追逐奥运故事的过程中，我们发现了一位浙商，他与奥林匹克结下了不解之缘，创造了一个又一个精彩故事。

从设计一枚小小徽章做起，到获得 2008 年北京奥运会的特许经营权，到成为 2012 年伦敦奥运会全球独家徽章特许经营商，再到成为现代奥林匹克历史上唯一获得连续四届夏奥会、三届冬奥会及两届青奥会授权的企业，这家企业的发展演绎了一段传奇，而企业创始人的经历也同样充满了传奇色彩。

他就是北京华江文化集团有限公司（后文简称华江文化）的董事长、北京浙江企业商会副会长、温州平阳走出去的企业家陈绍枢。

他是巴赫主席的老朋友

华江文化是知名奥林匹克特许经营企业。作为掌舵人，陈绍枢在传播奥林匹克文化、扩大奥林匹克品牌影响力上，有着举足轻重的地位。

2023 年 5 月的一天，在北京冬奥会之后，国际奥委会主席巴赫又一次来到北京，开启 5 天 4 城的中国行。抵京的当天下午，巴赫就约见了陈绍枢，这是他的老朋友。在如此紧凑的中国行程中，巴赫第一个见的就是陈绍枢，可见他俩之间关系之密切。

我们与陈绍枢的见面选在华江大楼的产品展厅，这是个"用实力说

冬奥会之后，国际奥委会主席巴赫（左三）与陈绍枢（左一）在北京见面

话"的地方。从 2008 奥运福娃到新晋"顶流"冰墩墩、雪容融，从国宴国礼到知名品牌联名，从体育礼物到"北京礼物"……当我们面对眼前琳琅满目的产品不断发出惊叹时，陈绍枢显得格外平静，偶尔回应说"这不算什么"。

陈绍枢 19 岁开始创业，最初做徽章、工艺品生意，1994 年他买断了 1996 年哈尔滨亚冬会纪念品专利权后，事业开始起跑。之后，他相继为 2000 年、2004 年夏季奥运会生产纪念徽章。

陈绍枢是一个典型的浙商，一口温州口音的普通话，讲究的商界穿搭，低调谦虚的音量，谈话中又透出北京浙商独有的特点——国际化的视野、领头羊的站位。

说起跟巴赫主席的那次见面，陈绍枢说，他们上一次线下见面还是在 2020 年。因为疫情，北京冬奥会期间没能和巴赫主席见上。这次三年来的首见，依然让他感觉亲切。"我们的联系一直都没断。"陈绍枢说，冬奥会期间没能见上面，但在冬奥会结束后他就收到了巴赫主席的来信，信里感谢华江多年来对传播奥林匹克文化所作的贡献。

展厅里最抢眼的便是北京冬奥"顶流"冰墩墩和雪容融，华江取得了四个品类的特许生产权，获得了国内和国际的一致好评。"作为奥委会的长期合作伙伴，巴赫主席也为我们的成功感到高兴。"陈绍枢说。国际奥委会也因此对华江更加地信任。

北京冬奥会结束之后，国际奥委会就与华江签了一个有关"奥林匹克市场在中国大陆地区开发"的备忘录，目的就是要延续奥林匹克文化遗产、历史知识产权在中国的继续开发。所以在 2022 北京冬奥会之后，中国奥委会与国际奥委会达成协议，实现了奥林匹克历史知识产权在中国辖区内的再利用，华江推出了冰墩墩的兔年特别版"兔墩墩"。

在陈绍枢看来，兔墩墩是冬奥文化、生肖文化和京味儿文化的可爱

陈绍枢（左）在华江展厅接受记者采访

可爱的"兔墩墩"

使者，承载着对奥运精神真挚的情感。更关键的是，它是奥运历史知识产权的持续开发，是中国保持与全球体育爱好者互动的一个象征。

一个好创意，500 万卖出 5 个亿

陈绍枢的故乡在浙江省温州市平阳县，是全国著名的工艺品及礼品之乡。他说："我从事这个行业，得益于老家得天独厚的产业优势，但要走出去发展，还是需要不断找定位，走新路子。"

华江与奥运的缘分可以回溯到 1996 年亚特兰大奥运会。"我们那时候就是奥运产品生产商之一，后来一直合作到悉尼和雅典奥运会。"陈绍枢回忆，那时候他们仅仅是众多中国 OEM 贴牌代工厂中的一员。

"不能一直只做代工，得向上游拓展。"2003 年，陈绍枢在北京组建了华江文化发展有限公司，做的是老本行，但段位越做越高。2008年北京举办夏季奥运会，全中国一片激昂，而华江在这一年凭一个创举，从众多中国特许经营商中脱颖而出，叩开了奥组委的大门。

"我把修建奥运会主体育场鸟巢的剩余钢材买断，开发成鸟巢的模型、火炬模型这些奥运纪念品，去诠释北京的绿色奥运，也让奥运历史时刻永留。"当时，身为公司董事长的陈绍枢，力排众议，花了 500 万元买回即将回炉的 400 多吨鸟巢废钢，他用这批废钢开发制作了按比例微缩的鸟巢模型，增加了贵金属，一下子引起了市场的收藏热潮，把最初的 500 万元通过创意和设计卖出了 5 个亿！

如此独特的创意，不仅帮助华江文化提高了在世界上的知名度，也让陈绍枢捕捉到了商机。以低价收回来，生产了以鸟巢钢为原料的衍生产品，跟"绿色奥运"的主题不谋而合，可说是经济、社会效益双丰收。

这个创意点亮了世界，也打动了国际奥委会。国际奥委会前主席萨

马兰奇盛赞其为"北京奥运会里最好的纪念品"。

"这样的工艺品，其实很多中国企业也可以做到，但国际奥委会关注到华江，是因为我们这样的创意理念符合了奥林匹克的精神，而不是简单的贴一个奥运会 logo。"陈绍枢说，"我们通过自己的创意，去承载和传播奥林匹克的文化，让没有机会亲临奥林匹克现场的人，也可以通过我们的产品触摸到、感受到奥运精神。"

华江文化是 2008 年北京奥运会徽章类别的特许经营商。此后，华江文化又相继拿下了 2012 年伦敦奥运会徽章类独家特许经营权、2016 年巴西里约奥运会特许运营权。

然而，令陈绍枢没想到的是，奥运会特许经营商的日子并不都是好过的。2016 年的巴西里约奥运会，变成了"里约大冒险"。

巴西奥运会期间，陈绍枢在巴西开设了分公司，却遇到种种问题。巴西海关罢工、安保出问题、细菌危机等，让那一年的奥运会观众比预期少了 2/3，这让华江巴西公司亏损很多。"那时候的想法，就是千方百计活下来，继续追随奥组委。"陈绍枢的坚守，赢得了国际奥委会主席巴赫的信任，"巴赫曾对我说，有些合作企业在追随过程中掉队了，或是跟不下去了，而你们没有"。

功夫不负有心人，2022 年北京冬奥会期间，华江文化取得了冬奥会 4 个品类的特许生产权，而吉祥物冰墩墩和雪容融的爆红使华江文化扭转了局面，最大的生产量达到一天一万个。

"产品获得了国内外一致好评，巴赫主席也为我们感到高兴，他在冬奥会结束后给我写信说，国际奥委会非常重视跟华江的合作，希望共同努力。"陈绍枢说。

到目前，华江文化与国际奥委会的合作已经超过 10 年，这份荣誉，看得很重，"我们是不掉链的，承诺的我们都要做到"。

讲好中国故事，让产品有中国味

　　国内外一致的好口碑，是对华江文化信誉的认可，也是对其表达的中国文化的喜爱。在这一点上，陈绍枢显得很有自信："我希望华江讲好中国故事，在文化自信方面贡献一点力量。"

　　陈绍枢和团队是懂文化传播的，"做出来的产品，怎么让别人舒服地接受，我们做了许多探索"。

　　咖啡杯上的京剧脸谱，餐具上的典雅雕花，徽章上的可爱生肖……华江将中国特色通过产品的现代设计表达出来，收获了中外大批粉丝和订单。"中国符号在国际上很受欢迎！"

　　中外市场有效的"化学作用"，得益于陈绍枢走的"千山万水"。"我觉得走了这么多地方，使我能感悟到世界上各民族的需求，能理解对方的文化，看到各自的变化，这些都给我们的设计创意带来直接影响。"

　　因此，陈绍枢重视打造自己的国际化团队。"我们是一个多元文化的企业，团队里有许多外籍员工，或是一些海外交流回来的人，我们与英国圣马丁、伦敦皇家艺术学院长期签约合作了游学实习项目。"

　　另外，华江文化拥有众多的文化 IP 资源，涵盖体育、文化、旅游、博物馆、非遗等上百个 IP 授权经营。你在北京随意买一件礼物回家，很可能就是华江文化设计生产的。作为"北京礼物"的特许运营商，华江设计研发了上千款蕴含北京文化、城市特色的旅游商品，获得市场与消费者的一致认可。

　　"北京礼物"作为北京市文旅局打造的旅游纪念品品牌，华江文化自品牌创立之初，便成为其特许运营商，结合北京与中国的传统文化，展现了浓郁的地域风貌和特色的民族文化。目前，在北京的主要旅游景点如国家体育场鸟巢、奥林匹克中心区、颐和园、长城、前门等，都能见到这些"北京礼物"。

在交流中，陈绍枢不时提起自己"北京浙商"的身份。作为浙江在京企业商会创始副会长之一，陈绍枢有许多感悟。

"这么多年下来，我总结出北京浙商两个特点，一是都是爱学习的，二是都是讲格局的。"

陈绍枢回忆，第一年到北京的时候，他就觉得自己缺点什么："我在北京大学读了三年的 EMBA，后来转入北京师范大学学了四年的哲学，才感觉跟上了这个时代。"

对于第二个特点，陈绍枢认为："做任何事情，首先要有长远的目标和规划，定好目标就要坚持下去。"

陈绍枢用"窗口"这个词来形容北京浙商应该发挥的作用。"南来北往的浙商，不管是去世界的哪一处，北京是必到的重要一站，那么我们北京浙商的窗口作用就要发挥出来。"

浙江当前有 600 多万省外浙商和 200 多万海外浙商"闯天下"，形成了独特的"地瓜经济"。陈绍枢觉得，温州人就是"地瓜经济"的典型，"温州人恋乡不守土，我们虽然走出去，全世界闯荡，但对家乡的感情依旧很深"。

这几年，陈绍枢也一直在实践反哺家乡的事。

陈绍枢说："一个好的文创设计，可以提升整个城市的品牌和品位，我们浙江，特别是杭州，有那么多的文化产业资源，需要有龙头企业能够带领整个行业集聚，做成一个产业生态。"陈绍枢正在考虑把杭州作为第二总部，"我没有大包大揽的能力，但我想着起一个龙头示范作用。而且，我也考虑自己将来可以落叶归根"。

⑱
一眼望到紫禁城！85 后浙商打造"中国最美书店"

沿着天安门广场中轴线往南，一过正阳门就能看到前门大栅栏的北京坊。作为北京老字号发源地，这里有百年劝业场、老字号谦祥益、交通银行旧址等历史老建筑。

正阳门城楼南侧前方正中的位置上，镶着"中国公路零公里点"的标志。距离这个标志不足 800 米处，有个被读者称为"阅读原点、文化地标"的地方——PAGEONE 北京坊店。

PAGEONE 书店成立于 1983 年，前身是一家新加坡书店品牌，主打艺术设计与英文原版书籍，在世界各地都开有分店。

2017 年 8 月，PAGEONE 书店被浙江金华武义陈氏兄弟陈明俊、陈李平创办的 A 股上市企业新经典文化全资收购。如今，PAGEONE 已经成为一家实实在在的浙商企业，书店的主理权也交到了同样来自金华武义的青年浙商陈鹏的手上。

收购交割完成后，新经典就积极展开了新店开业筹备和老店改造等相关工作。其中，PAGEONE 北京坊店作为一座标志性建筑，自 2017 年 11 月营业以来，以独特的地理位置、精致的空间设计以及浓郁的文化气息，吸引了大批读者，稳居北京热门书店好评榜榜首的位置，更成了北京高颜值书店的代表，屡获"最美书店"殊荣。

盛夏时节，繁茂的藤蔓越来越茁壮，我们带着好奇心走进这家网红书店，探访它及背后的浙商，看看为什么是 PAGEONE 成了北京书迷心中的文化地标和打卡圣地。

最美书店，一眼望到紫禁城

陈鹏目前担任 PAGEONE 书店总经理。虽是一名 85 后，但陈鹏工作履历丰富，并且都与文化内容息息相关。英文专业出身的他，先后在中国外文局、中国驻尼日利亚大使馆等单位工作，也在行业上游从事过图书出版相关工作，因此对书店业务得心应手。

或许是常年在书店工作的关系，陈鹏身上有一种安静、沉稳的气质，说话也是轻声细语，当我们提出采访的声音有点轻，怕录音笔收音收不到时，陈鹏也只是默默地把录音笔往自己身前再移了移，继续轻轻地讲话，"在书店工作，总是习惯更轻一点、更慢一点"。

2022 年，在首届全民阅读大会的最美书店评选活动中，北京有两家书店入选，分别为北京图书大厦和 PAGEONE 北京坊店。"这个结果也是对国营书店和民营书店的最高评价。"陈鹏说。

最美书店，美在何处？其实只要一踏入 PAGEONE 北京坊店，就能体会到书店独特的"高颜值"。

陈鹏介绍，北京坊店由孤独图书馆的建筑师董功根据"建筑中的建筑、书店中的书店"理念精心打造，3000 余平方米的三层室内空间引入了城市街巷的概念，希望读者能延续城市视角和空间体验，"感受到鲜明的内与外、专属与公共的空间关系"。

PAGEONE 北京坊店自带落地大窗和景观露台，正阳门箭楼、前门步行街、大栅栏商业街区等都是书店窗外的好风景，天气好的时候还能看到紫禁城，以及更远的北海白塔、鸟巢。"这样的景观与视野，在北京的书店中独一无二。"陈鹏自豪地介绍道。

当我们漫步书店，最大的感受就是一步一景，"街巷"空间串联着位于不同楼层的十余个"小建筑"，走在里面有曲径通幽的感觉。

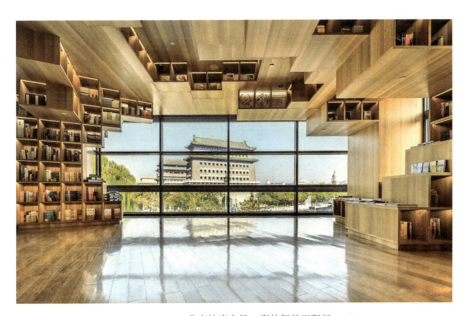

PAGEONE 北京坊店内景，窗外便是正阳门

PAGEONE 书店总经理陈鹏

即使是在工作日的下午，也不时有读者推门而入，他们或轻手轻脚选书，或安安静静坐在凳子上一页一页地慢慢阅读，时光仿佛被按下了慢放键。

置身商业闹市，书店却有一种平和、宁静的人文气氛，吸引不少品位相似的读者，也使得陈鹏的经营理念跃然可循。

"在设计之初，我们就希望在大的书店里面打造很多小的书店，让每个小空间都有自己的主题和特点，所以叫'书店中的书店'。"陈鹏讲解道。

一层正中一座 18 米高的垂直书塔贯穿书店三层，书塔前还设有圆筒形专利书架，以及专门用来举办小型展览的白房子结构。

二层原木结构的生活区、吐放幽香的绿植区，以及碗形剧场式的绘本空间，最受家长和小朋友们的喜爱。

三层的户外露营风咖啡馆边设有多功能厅，用于举办各种文化活动。西北角还收藏了 5000 张黑胶唱片，可以享受在其他地方很难体验到的黑胶盛宴。

当然，咖啡、文创是每个时髦书店都不可或缺的一部分，不过这些并不是 PAGEONE 棋盘里的关键，陈鹏带我们逛店的时候，说得最多的一个词就是"选品"——如果要找艺术类或者独家原版书，来 PAGEONE 准没错。

为什么 PAGEONE 能被评为最美书店？

"我觉得美在颜值和内容。一个是整体空间的设计所呈现出来的外观上的美，这一点是能够吸引年轻人踏入书店很关键的一步。另一方面是在内容上要美，我们有非常专业的选品团队。每一本进入书店的图书，都经过了严格的筛选。"陈鹏表示。

细心观察 PAGEONE 书架上摆放的书籍，你会发现每种图书通常只有少量几册，绝不过多。同时，相似主题的书会配有一张导览，仿佛几本书也能成为一个"小小书展"。

这种高密度又分门别类的陈列方式，无形中迎合了读者的意趣，吸引着读者与书本更亲近。当你走近书架，仔细观察时，会不由自主地伸手触摸。在那一刻，那些散发着迷人墨香的书籍似乎焕发了生命，与你展开了深刻的对话，激发了一种独特的感受。

"除了'高颜值'，PAGEONE 更希望把'好美'变为'美好'，将优质内容传递出去，带来丰富、独特的文化生活体验。"陈鹏认真地说。

勇立潮头，做当之无愧的"地标书店"

2019 年陈鹏担任书店总经理后，PAGEONE 以阅读为原点，持续开展多元化经营。经过几年的拓展，目前北京一共有 5 家 PAGEONE 书店处于运营中，分别位于北京坊、五道口、三里屯太古里、王府井以及花园胡同。

被誉为文化消费地标的 PAGEONE，能否将成功的实体书店模式复制到各个店，这是陈鹏需要交出的成绩单。值得骄傲的是，目前北京的每一家 PAGEONE 都各有特色和灵魂，且在所在区域声名鹊起。

熟悉北京的朋友会发现，这五个地点都是北京最繁华的商业地段，这也意味着书店的人工和租金成本并不低。

"开实体书店，我并不想抱着一种'苦行僧'式的心态，一切以商业成本为考量。"陈鹏希望书店能在每个人的生活中"在场"，让好的文学作品能够更及时地传递给更多的人，也探索书店作为文化空间的创造性表达。

"作为浙江人，从小就听过勇立潮头四个字，我觉得这也是我们选址的中心思想——选最好的商圈，做地标式的书店。"在陈鹏身上，我们看到了在京年轻浙商的血液中奔流着敢为人先的浙江精神。

例如开在"宇宙中心"的 PAGEONE 五道口店，主打明亮空间以及丰富多彩的线下文艺活动，处在北京市高校最为密集的区域，周边学校的师生为书店注入了青春的活力。

在开业后，陈鹏创新了经营方式，通过举办"首届 PAGEONE 文学赏"等活动，加强同周围高校的互动。同时增设水吧以及温馨舒适的阅读区域，打造出受学生、教师欢迎的阅读环境，把书店的功能从"卖书"转变为"分享生活方式"。

开在王府井的 PAGEONE 北京 apm 店，位置恰好位于原二环城墙遗址之内，因此书店在设计上采纳了"内外城"这个概念，将古城理念引入室内，书店选品也主打"北京概念"。

位于花园胡同的是 PAGEONE 第一家社区书店，陈鹏别出心裁地将书籍与餐饮结合，"我们做餐厅和做书店一样认真"，让书店既暖心又暖腹。

陈鹏透露，之前余华和俞敏洪两位"双 YU"访谈对话就选在 PAGEONE 花园胡同店，"俞敏洪觉得我们西餐做得很好吃，直播完后特别在自己的'老俞闲话'公众号表扬了我们书店"。

从前门的地标书店到北京的地标书店，PAGEONE 的角色越来越重要。

在 2023 年举办的第 21 届北京国际图书节"书店之夜"活动上，北京市委宣传部特意把活动安排在 PAGEONE 北京坊店举办，让全国各地知名实体书店的店长在"全国最美书店"和专家学者一起享受了一场高质量的聊天。

作家麦家将他新作《人生海海》的发布会也选在 PAGEONE 北京

2022 年 7 月，余华和俞敏洪在 PAGEONE 花园胡同店进行直播

坊店，背靠着正阳门，麦家和他的朋友们——董卿、白百何、杨祐宁、何穗聊了近 3 个小时。

《天鹅图腾》首发式上，俞敏洪、白岩松，李敬泽、投资人但斌等嘉宾齐聚 PAGEONE 北京坊店，和读者一起走进姜戎笔下的天鹅王国和草原世界。

"将北京重要的文化活动放在 PAGEONE 举办，就是对我们最大的肯定。"陈鹏说。

开放思路，为读者创造书店的 999 种可能

在交流中，我们不可避免地谈到了近年来书店所面临的困境。传统实体书店本就面临着网络带来的挑战，而在三年疫情中，它们又遭遇了前所未有的冲击。

"我始终相信，把'危机'二字拆开来看，'危'后面紧跟着的，就是'机会'。"陈鹏坦言，PAGEONE 作为众多大型书城的其中一家，与所有书店一样，都需要积极转型升级，以应对激烈的市场竞争。"我们深耕用户体验的转型策略，在疫情三年得到了正向的验证，不仅原有两家得以存活，增开的三家店实际上都是疫情期间开出的。"陈鹏透露，目前他开始在外地物色新地点，上海和杭州都在他的目标范围内。

当然，这次疫情给了陈鹏一个很重要的提醒：在平时要有意识地增强抗风险能力。"疫情突然来了以后，会发现包括资金储备、成本管理、现金流管理的能力是非常重要的。如果平时这些工作做得好，书店受到的冲击就会小一些。"陈鹏说。他从浙商家族前辈的创业经验中学到，"只要务实不激进，一步步稳扎稳打，时间会给出奖励"。

尽管如此，作为一个消费场域，实体书店实际上还是很难在价格上

与电商平台形成竞争优势。

"这是一个无解的问题,我们只能找到自己独特的'立身之本'——深耕用户体验与空间服务,提供电商平台无法替代的体验感。"陈鹏说。PAGEONE 的店员和经营者们一直与读者保持着密切的沟通,每个店都运营着好几个 500 人的读者群和书店活动群,时刻与读者保持黏性,连他自己都潜伏在好几个群中,观察着年轻人的新动向。

2023 年开年以来,PAGEONE 平均每个月组织近 20 场的图书分享和展览活动,包括名家的新书首发会、流量作者的粉丝签售会、主题圆桌论坛、图像小说节、趣玩童书会等,全方位覆盖书店的大顾客和小客人们的需求,成为年轻人爱逛、爱玩、愿意消费的文化娱乐场域。

"在这个数字化时代,我愿意以开放的思路和心态,为读者创造书店的 999 种可能。"陈鹏说。

除了用户体验,空间服务也是书店持续生长的基础。走进 PAGE-ONE,每个读者都会感受一种无微不至的关怀。

"我们在光线最好的区域都放置了椅子,希望读者可以舒舒服服地看书。每本书也都有试看版,哪怕是很贵的原版设计书或者儿童立体绘本,绝对不会因为怕损坏而不让拆封。"陈鹏还向我们透露了一个小秘密,虽然咖啡区是消费区域,但实际上没有消费的客人坐着看书,店员也不会上前提醒或驱赶。

人们或轻手轻脚,或低声细语,或安安静静地在那儿找自己的书,或坐在地板上一页一页地慢慢揣摩,完全是另外一个世界。

在陈鹏的影响下,书店员工们也爱岗敬业,工作之余还会因为碰到偶像来买书,激动地写下店员日记投稿。

据陈鹏介绍,PAGEONE 书店员工平均年龄不到 30 岁,本科学历的占 70% 以上,还有北京大学、中国人民大学等名校硕士。"最重要的是，我们一直营造简单的工作氛围，希望员工在工作中放松心态，积极行动，发挥更多创意，为顾客做好服务。"陈鹏说。

"书店行业薪资并不高，愿意来书店工作的年轻人都是热爱阅读的，且颇有些情怀，'为爱发电'的感觉。"所以当问起未来的愿景，陈鹏只是淡淡地说，希望能长久且好好地经营下去，给小伙伴们再涨点收入。

"疫情和都市的生活压力，可能转变了很多人的生活、休闲方式，对于我来说，阅读是我认识世界的方式。而在城市里，和阅读最重要的连接点就是书店。"陈鹏相信，开书店永远是一种有长线价值的事业，"无论如何，至少我们还有书店"。

⑲
探访藏在北京胡同里的浙江美食（上）

月是故乡明，食恋家乡味。

无论去过多少地方，尝过多少美食，依旧觉得家乡的味道是世界上最极致的口味。北京，有成千上万的浙江人在此打拼，也聚集了各式各样的浙江美食，不仅让"北漂"的浙江人纾解了乡愁，也让京城的老饕们尝到了正宗的浙江味道。

美食的背后是文化。我们闻着家乡的味道，在北京的胡同里一路寻觅，顺着繁茂的人文藤蔓，走进后院，尝到了蒲岐海鲜那原汁原味的"鲜"。

在后院，温州海鲜一直这么"鲜"

北京大红门一带，海鲜和小商品批发市场集聚，多年来浙江人扎堆。这里就像个"海鲜资源带"，是早期温州人来北京的聚集地，被亲切地称为"浙江村"。

有人的地方就有美食。以温州人为主的浙江人在这里活动久了，自然也就带来了地道的温州特色美食——海鲜。

2023 年 7 月的某一个工作日，我们来到大红门路上的世纪丹陛华综合批发市场，早年这里被人们称为"北京的小义乌"，曾有大批浙商云集。顺着批发城南侧的小路向里走，在大楼背后，藏着一家温州人开的餐厅，叫作"后院·蒲岐海鲜"。

站在餐厅门口，大家不禁感慨：如果不是有人指点，还真找不到这里，真是名副其实的藏在北京胡同里的浙江美食。

踏进这座三层小楼，新中式的装修风格宽敞明亮，店内挂着的蓑衣和斗笠是温州当地传统渔民的装备。餐厅名字中的蒲岐，是温州的一个古镇，已有 100 多年的海涂养殖历史，所以也被浙江人称作"海鲜王国"。

我们到时，恰是正午时分，走进小楼，一楼大厅里人声鼎沸，很多食客在一侧的海鲜展示区忙着挑选中午的佳肴。在另一侧的会客茶台，老板洪栋福向着我们走来，一脸憨厚可亲。

半路换赛道，就为那口家乡味

洪栋福出生于温州市蒲岐镇，从家到海边只有 5 分钟的路程，他形容自己是实打实"海边生长的孩子"。1988 年，16 岁的洪栋福跟随家人来到北京，同彼时的大多数温州人一样，在小作坊里做起了服装生意。"当时我做童装，每天踩完缝纫机，就和老乡们一起把衣服拿到天桥底下摆摊卖。"洪栋福回忆，那几年的练摊儿经历，为他后来创业积攒了不少经验。

当年一起做服装生意的同伴，很多人至今仍在坚持，有的甚至建起了投资几十亿元的服装厂。而洪栋福却在 2005 年转换赛道，和朋友一起开启了另外一条创业之路——做餐饮。这个行业，洪栋福此前从未接触过。事实证明，敢打敢拼的人确实能干成事儿。

"起初没想那么多，就是想让在北京的温州人能吃上地道的温州小海鲜。"洪栋福说，"我们浙江人的性格就是这样，有钱就赚，先试试再说。"两间房、三张桌、三个厨师，洪栋福几乎用上了全部的家当，小餐馆就这样开了起来。

洪栋福向客人介绍温州小海鲜

那个时候，食客中有百分之九十的人是在周边做生意的浙江人。洪栋福和朋友一起，仅用 3 年时间，就将餐厅的营业面积扩大到了 600 平方米。经过十几年的打拼，后院·蒲岐海鲜在 2019 年底正式开业了，厨师也增加到 30 余人，被老顾客笑称为"海鲜男团"。

但让洪栋福没有预料到的是，新餐馆刚刚开业 20 天就碰上了疫情，堂食也暂时被叫停了。洪栋福并没有坐以待毙，除了开拓外卖业务，他还带领大家一起创新，开展了私厨上门服务。

私厨上门服务面对不同的客户，客户口味上也各有偏好，因此对厨师的厨艺要求更高。除了味道上的考验，菜品创新、摆盘也很重要。在传统烹饪技法的基础上，每个月大厨会对当季食材进行改良组合。私厨上门服务可以让客户面对面跟厨师沟通，近距离感受烹饪过程，就餐自由度也更高，给了用户更多选择，满足了用户多元化的用餐需求。

"这个'权宜之计'没想到竟获得了好评，生意不但没受太大影响，上门服务的模式也被保留了下来。"洪栋福感慨地对我们说。从来没有最坏的时候，机会总是留给有准备的人，从各个环节，将餐饮经营的颗粒度做细做精，便是机遇所在。

让顾客吃上原汁原味的温州海鲜，是洪栋福做餐饮多年的追求，"这也是我当年干餐饮的一个初衷，不会变！"

20 世纪 80 年代，有很多浙江人在大红门一带做生意，他们把家乡的食材也带到了北京。坐落在丹陛华地下一层，号称"北京小温州菜市场"的鑫江南菜市场是后院·蒲岐海鲜食材的主要采购市场之一，从门口腥咸的海鲜味到里面摊位老板的口音，都显得与北京大部分菜市场不一样。

洪栋福告诉我们，这个菜市场最大的特色就是能买到很多温州当地的产品，比如煲汤用的一些食材、调料等，这都是北京本土没有的。"哪

后院·蒲岐海鲜店内水产柜里的活鲜

后院·蒲岐海鲜特色菜：家烧江蟹

怕一种毫不起眼的辅料，都要尽量采购到家乡生产的，尽可能地把口味平移过来。"

海鲜男团的生意经，采购是餐饮灵魂

做了这么多年餐饮屹立不倒，而且越做越有味道，洪栋福有他独特的心得。"做餐饮就是做口碑，而采购是一个餐饮店的灵魂。"

洪栋福对我们讲，这 18 年来，他坚持每天 4 点钟起床，亲自去市场采购当天最新鲜的食材，保证食材的品质和稳定，这也是他 18 年来雷打不动的习惯。这和现在很多餐饮企业标准化、程序化的模式相比，要额外花费更多的精力，能长期坚持下来的餐饮老板不多。

"习惯了就好，也就不觉得累了。"浙江人能吃苦，特别是温州人。他说，餐饮这一行，只要老板亲自采购的，生意不会差。

靠海吃海，从小在海边长大的洪栋福很了解海产品的习性。后院·蒲岐海鲜的"鲜"，除了当天采购最新鲜的食材外，还靠每天的空运外加隔天一趟从蒲岐开往北京的班车，班车下午从蒲岐出发，第二天上午就能到达北京。"温州小海鲜是我们最大的特色，大部分冰鲜食材是空运过来的。用散冰上面一层下面一层地覆盖，像青蟹、泥螺、海瓜子、跳跳鱼，盖太多冰会冻死，没有冰会热死，温度上都是非常讲究技巧的。"

温州菜的另一大特色是用简单的作料，保证原汁原味的本味和鲜甜的口感。极尽苛刻的品质把控，就是"鲜"的武林秘籍。

"海鲜从海里捞出来后，它的鲜味是按小时算的，鲜味是不断在往下降的。同样的鱼，产地不一样，品质不一样，价格差异就很大。"这是后院·蒲岐海鲜的主厨毛佑明告诉我们的。这位在从业之前连海边都没去过的湖北汉子，如今是这里的领队主厨，大家都称他为"毛厨"。毛厨的师傅是温州蒲岐人，机缘巧合下，他将师傅的"家烧"绝学融会贯通，成就了他在蒲岐海鲜圈里的地位。

"家烧"，顾名思义就是家常烧法，脱胎于红烧的浓油赤酱，但更为随意。用简单的作料极大限度地保留食材的鲜度，是烹饪者对食材原味的尊重。

在温州厨师的眼里，"家烧"绝不是入门技能，恰恰是最难的一道门槛。每一个想学温州菜的厨师，都要经过开生、了青、切菜、配菜、炒面饭、炒小海鲜、烧制肉类的锤炼，最后才可以学习家烧。没有三五年的功夫，都无法做出温州人最看重的"鲜味"。

为了让菜肴味道更鲜甜，后院·蒲岐海鲜用海鱼熬汤、猪油煸炒蝤蛑（温州人对青蟹的俗称），让蟹味最大限度吸收鱼汤的鲜甜和猪油的香脂。一盘蝤蛑端上桌，看似平常，却极其鲜美，唇齿留香。

随着大红门地区疏解腾退，如今的海鲜城里，北京人和外地食客越来越多，逐渐成为主力军，也有不少打过多年交道的老主顾会特意来光顾。洪栋福说："不管是老顾客，还是新朋友，我都希望他们来到店里，就像回家了一样。"

16岁进京，在北京打拼30年，我们从洪栋福身上看到了浙商精神，"工作踏实，诚信待人，自己拼过了，就是一件很有意义的事情。"洪栋福意味深长地表示。

他对我们说，他就是想守着这家店，用最好的食材回馈喜欢这种味道的客人，让他们满怀期待而来，尽兴满意而归。"做的就是口碑，回头客是对我们做餐饮的最大的褒奖！"

守志笃行、专注诚信，洪栋福始终坚守初心，在餐饮天地永不止步。

⑳
探访藏在北京胡同里的浙江美食（下）

尝过了温州海鲜的"鲜"，我们一路寻味，走进禾苑，感受浙江台州美食的浓郁烟火气。这里有糟羹、扁食、食饼筒等，几十款台州点心摆放在眼前，让人食指大动。

创始人金超英是一位资深餐饮人，在新荣记做了 15 年，在事业高峰期选择离开，自己创业。这家店承载着她儿时的味蕾记忆，也承载了她的愿望，她要把台州所有的美食带到北京。

开一间有自己味道的店，让每个人舒服

每位作家都希望出版一部自己的作品，每位画家都希望开一场自己的展览，每位餐饮人都希望开一间有自己味道的饭店。

金超英就是这样一个人，她希望以一个女主人的角色，邀约四方宾客来店里小坐，用最新鲜的食材打开大家的味蕾。

她经营的餐饮店叫"禾苑·台州鱼市"，店里的一草一木、一汤一羹都带着点她的餐饮理念。禾，为粮食，"禾"与"口"相加，便为"和"，以禾入口，滋味其中，因为一餐饭，而抵达和美、团圆。苑，为花园，木秀于此，草木繁茂，郁郁葱葱；谐音为"圆"，寓意团圆。"禾"与"苑"，亦是"和"与"圆"。和美团圆，是中国人对美好的期待。

禾苑·台州鱼市在金融街丰铭国际大厦的底商。精致的餐具，个性的装饰画，墙角蜷起的树枝，温和的灯光，餐厅的每一个角落都是精心布置的，每个细节都可以感受到主理人的用心。我们觉得，这里可以让

禾苑 · 台州鱼市内景

人暂时远离都市的喧嚣，能够静下心来细细品味一桌有温度的美食。

有味、有情、有度，是印在禾苑菜单上的三组词，也是餐厅理念的体现。"我觉得一个好餐厅，首先是它要有味道，好不好吃，这很重要！所以是'有味'。"金超英对我们说，"这个'有度'是一种温度，餐厅必须要有温度，服务的温度，菜品的温度，和客人之间适当的距离也是一种度。"

"我希望在美食面前，人与人是没有界限的。"金超英对我们说，"顾客来禾苑吃饭，只是因为这里让他们感觉好吃又放松，我希望它是一个舒服的餐厅。"金超英说，她在餐饮业浸润20多年了，希望自己开的餐厅是有情怀的，不是硬邦邦的。店里所有的软装都是她一手包办，大到桌椅沙发，小到餐具餐布，"我自己就是设计师，我希望进店的客人可以看出有主人的心意在里面"。

如何理解"舒服"呢？金超英说，很多时候，大家会觉得去一些贵的餐厅必须穿很正式的衣服，或者是商务宴请才能去那个餐厅，让人有距离感。"但你看我们的菜单，你点几十元的菜可以吃饱吃好，点几千元的我们也可以承接。我希望在禾苑，人与人之间没有差别，没有距离，大家都觉得'舒服'。"

从零开始创业，只为烟火气的家乡味

金超英是台州临海人，是一位资深的餐饮人。她17岁进入政府招待所工作，5年的基层服务工作和5年的部门经理管理工作让她熟悉了餐饮管理的整个流程。2005年，她入职新荣记，由此开启了长达15年的新荣记旅程，从门店店长、北京区域总经理一直到全国品牌总经理。

在事业的高峰期，金超英选择离开新荣记。有餐饮界的朋友将她的

禾苑创始人金超英

禾苑特色糟羹

离开，形容为餐饮界的一个小地震。2019 年，在老北京的一个胡同里，禾苑私厨开张了，这是金超英离开新荣记后的第一家店，每天只供应一桌菜，选用最新鲜有品质的应季食材。

金超英有着自己的想法和追求。"作为职业经理人，其实我已经做到餐饮行业里的顶峰了。"金超英说，她心中一直有一个小梦想，"选择离开，是因为我想要拥有一家真正有自己味道的店，拥有自己的餐饮品牌"。

"我是台州人，我对浙江的东西是有情结的。新荣记做得很高端，我希望禾苑更加接地气一点，烟火气更重一些。为什么很多人逢年过节都想回家？就是为了吃一口家乡菜，见一见老朋友。"金超英说，她希望把家乡最好的、最鲜的食材带到北京。俗话说，月是故乡明，其实美食也是。"家乡的味道，多少能纾解北漂些许的乡愁吧。"金超英说，她要把禾苑做成老乡的聚集点，只要想吃台州菜了，就会想到这个地方。

"我们有几十款台州点心，糟羹（戚继光烩菜）、扁食、食饼筒等，全是台州当地的小吃，在北京可以说找不到第二家。"这间小店，承载着金超英儿时的味蕾记忆，和她多年来对美食的甄别和品控，"把台州所有的美食带到北京，让北京的食客在一个舒适的环境里，用亲民的价格享受我们家乡的家常味儿"。

禾苑的主厨是地道的台州人，但其他厨师都不是。"我们会定期带厨师去台州考察，看食材、看做法、尝味道。"金超英表示，想要做出食物的本味，必定要在当地见过、吃过，才能真正感受到。"在台州，早上起来可能就是一碗豆浆、一份炊饭、一碗扁食，很简单，这是许多人记忆中的家乡味道，我们想尽最大努力把它们带到北京来。"

"原材料很多是台州来的，本味的东西一定要保留。来北京还是会做一些改良，比如说分量上在台州特别大份，到北京之后会精致一点，不过新鲜度会保持。"金超英不会为了好看，为了价格而改良，把老家的食物做变形，"我想尽量恢复到它原本的样子"。

用真诚的心，传承美食本味，这是金超英作为餐饮人的初衷。

一生做好一件事，从简单到极致

说起经营的秘诀，金超英用"真诚待人"4个字总结："当我还是一个职业经理人时，我觉得只要是到店的客人，就要把他服务好。我现在是老板了，我觉得不能忘了初心，除了顾客，还要把团队里的每个人都服务好。"

除了经营禾苑，金超英也会给在京的老乡配送食材。"我们的食材都是从台州过来的。一些老乡如果家里有需要，我会按照进货价给他们寄一些好的食材，比如油冬菜、杨梅、时令的海鲜等。"

在创业初期，金超英也面临了众多创业者都会遇到的难题，品牌知名度有限，缺乏市场竞争力。在现如今竞争激烈的餐饮行业中，如何能让自己的餐厅脱颖而出呢？

"在当前的市场大环境下，胜出者不一定是那个为市场提供更多产品的人，反而常常是把事情做得简单、做到极致的那个，更能赢得顾客的青睐。"金超英告诉我们，褪去光环一切从零开始，她也曾感到迷茫。"市场大浪淘沙，我害怕新品牌的生命力不够长久。但是团队的力量和做餐饮的初心，让我有了动力坚持下去。"金超英表示，团队给予了她极大的信心，大家通力合作，互相依赖，共同成长。同时，她以诚待客，以诚待人。"一生做好一件事，从简单做到极致，这是我的初心。"秉承"应时应季，真材实料"的美食理念，"有情、有味、有度"的服务理念，禾苑渐渐收获了一批"粉丝"。

金超英有两个团队，一个团队全力在做"前里·台州鱼市"品牌，一个团队负责禾苑品牌，两者在定位上有些许区别。"我的梦想不是要开多少家店，我的梦想是坚守一家老店。"金超英说，未来在北京自己真正守的可能就是一家店。"我会一直在店里，大家都知道到哪里去找英子。"

"哪怕未来所有的店都关了，所有的员工都走了，只剩最后一个客人，我也会坚持下去。"金超英说，这是她一直以来坚持的心态。

看着眼前这个侃侃而谈、充满自信的女浙商，我们不禁感慨，芳华四十，许多人已经厌倦了疲于奔命的职场生涯，而她却从人人艳羡的新荣记中出走，选择从零开始。带着几十年餐饮经理人的实战经验，选择一方自己热爱的空间，将自己的梦种入土壤，静待散叶开花。

"我是那种不愿意妥协的人，越难我就越想去征服它。"金超英的这句话，是浙商精神的最好体现。

㉑
与京城"文人老饕"赵珩先生聊浙江美食

说到浙江美食，每个浙江人都能说出一些代表性的吃食，比如杭州东坡肉、嘉兴粽子、湖州大馄饨、舟山海鲜面、宁波汤圆、温州鱼丸、绍兴臭豆腐、丽水缙云烧饼等，每一种都是家乡的味道、童年的记忆。

在北京城里，能吃到来自全国各地的美食，其中不乏浙江菜的身影。只不过，浙江美食并不多见，有些在浙江当地非常有名的吃食，在北京城里很难找到。

誉满天下的浙江美食，为何在北京城里很少见？浙江美食如何挖掘传统，做好地方特色？采访组走进中华文化促进会美食工作委员会，跟总顾问赵珩先生聊一聊浙江美食。

赵珩先生出身名门，多年来从事文化史、北京史、戏曲史的研究，也一直对"吃"很有研究，被称为"文人老饕"，先后写了《老饕漫笔》《老饕续笔》《老饕三笔》等美食著作，书中记录的，或人，或事，或风物名胜，或花絮，或掌故，一概与吃相关。

浙江是个好地方，古代文人"食"在杭州

"东南形胜，三吴都会，钱塘自古繁华。"这是柳永笔下富饶美丽的浙江杭州。

"浙江是个好地方啊！"从小生活在北京的赵珩先生，对浙江的夸赞发自内心，不仅仅因为他是浙江人的外孙、浙江人的女婿。

他对浙江的美食非常了解："湖州有丁莲芳千张包、震远同玫瑰酥

赵珩先生的书房是他读书和撰写著作的地方

糖；杭州的蟹酿橙味道相当好，现在很难吃到了；金华的小烧饼，我很喜欢吃。"

赵珩先生告诉我们，浙江是稻米文化的重要发源地，自古以来就是文化之邦，也是鱼米之乡，"民以食为天，生活富裕的地方，饮食业就会繁荣，各种各样的美食就会层出不穷"。

浙江餐饮业的大繁荣，最大的转折点出现在南宋。北宋灭亡后，宋室南渡至今天的杭州地区，升杭州为临安府。从南宋开始，南迁的北方人与南方人聚集于此，杭州也成了重要的经济中心。"饮食的繁荣必然是集中在一个城市经济繁荣的区域，南宋时的临安作为经济高速发展的区域，为饮食业的繁荣提供了一个舞台。"赵珩先生说。

当时，临安的饮食种类变得越来越丰富，从史书的记载中可以看出，牛羊肉之类的食材在递减，鸡、鸭之类的食材增多，因为浙江地区水网密集，可以同时吃到江鲜、湖鲜、河鲜、海鲜。

"处处拥门，各有茶坊酒店，勾肆饮食，市井经济之家，往往只于市店旋买饮食，不置家蔬"，"处处各有茶坊、酒肆、面店、果子……"《东京梦华录》《梦粱录》《武林旧事》《西湖老人繁胜录》等书籍，大量记载了当时城市经济和饮食的繁荣。

赵珩先生说，由于城市经济的高度繁荣，饮食业蓬勃发展，街巷中的餐饮店铺鳞次栉比。南宋城市居民的生活和饮食有了质的提升，很大程度上改变了当时的农耕生活方式。

当时杭州餐饮业发达到何种程度呢？赵珩先生介绍，现在红火的外卖行业，南宋时已经很发达。据《癸辛杂识》记载，南宋的第二位皇帝宋孝宗，虽居深宫却不乏情调，喜欢不时叫点市肆里的外卖，调剂宫廷御膳，换换口味。皇帝点外卖，叫作"宣索"，也是市井小店的荣幸。孝宗"宣索"的饮食其实都很普通，如"李婆杂菜羹""贺四酪面""臧三猪胰胡饼""戈家甜食"等，都是些市井小吃。皇帝吃得高兴，除了付市价，还要给额外的赏赐。

从更形象的材料如《清明上河图》中，也可以看到从一家餐馆中走出的托着两盘食物的店小二，脚步匆匆，急急忙忙去送餐。店小二所去的地点可能路程不远，或是对面的食肆，或是附近的人家。在这幅长卷中，还有一个伙计头顶大盘，盘上放着一个两层的食盒，手中还拎着一个能开合的支架，缓步而行。宋代像这种送餐的伙计大约有两种，一种是餐馆中的从业伙计，另一种就是临时雇用的"闲汉"，都能承担这样的任务。

高度发达的餐饮业也催生了一批文人美食家。赵珩先生说："古代的文人不仅能说会道，更是讲究吃。那个时期的文人笔下，也经常出现描写吃的文章，正所谓'文人老饕'，笔墨中沾着烟火气。文士中甚至不乏既善于品味饮食又擅长烹饪者。"

有文学品味又懂吃的人，遇上了杭州这个物产富饶的地方，便擦出了绚丽的火花。赵珩先生告诉我们，关于古代文人的"吃"，不得不提曾两度出任杭州地方官，"宁可食无肉，不可居无竹"的苏东坡。苏东坡给杭州留下了两道名菜，一道是东坡肉，还有一道是东坡豆腐。

苏轼曾作《老饕赋》："盖聚物之夭美，以养吾之老饕。"从此"老饕"这个雅号，遂成追逐饮食而又不失风雅的文士的代称。

浙江美食的进京之路

在古代，浙江美食通过各种方式传入京城，在这个过程中，大多以"江浙菜"的说法出现。

浙江菜传入京城有三种比较重要的途径。

　　第一个途径是明清时期浙江官员进京，因为吃不惯北方菜，就带上家厨一起，于是浙江菜跟着进了京。浙江人自古耕读传家，读书人多，到京城做官的人为数不少，家厨便成为浙江菜进京的一个通道。

　　虽然由官员进京带入的浙江菜没有形成大规模的流通，但家厨们却在不知不觉中催生了中华美食史中的一颗明珠——官府菜。

　　中华美食史由历代宫廷菜、官府菜及各地方菜系组成，官府菜源于王侯堂前，昔日官府、大宅门内，都雇有厨师，这些厨师来自南北各地，吸收全国各地许多风味菜。当年高官巨贾们"家蓄美厨，竞比成风"，因此形成官府菜。官府菜在长期的发展过程中，主要形成了以孔府菜、东坡菜、云林菜、随园菜、谭家菜、段家菜为代表的几大菜系。其中，谭家菜尤为著名。

　　"高山流水觅知音"，官府菜形成的一个重要原因就是厨师与美食家的惺惺相惜。一道名菜的形成，离不开厨师，也离不开美食家。想吃山水平绝对不是一件简单的事，条件是要有钱、有闲、有文化、有资格，不用说，只有官府之家才有这条件，而且还得是大官。所以官府菜又称官僚士大夫菜。

　　第二个途径是乾隆下江南时，带回了一些江浙菜，成为当时清廷美食中的重要一部分。

　　有这么一个故事。据说，乾隆皇帝微服出访到了吴山，在一户人家避了半天雨，饥寒交迫，求主人弄点吃的。这家的主人叫王润兴（也有说叫王顺兴的），人称王小二。他见来客遇雨狼狈不堪，煞是可怜，但家中贫困，寻来找去，只能用半个鱼头和一块豆腐做了个鱼头豆腐。乾隆一见，顿觉香味扑鼻，吃得津津有味，觉得那汤远胜过宫中的山珍海味。

　　回京后，不管御厨怎么下功夫，没有一次比得上王小二当初做的鱼头豆腐。后来，乾隆又来到杭州，再次到王小二家要吃鱼头豆腐，并赏银让他在吴山脚下开饭店，亲自提笔写下"皇饭儿"三个大字。如今，在杭州的河坊街上，还有"皇饭儿"这块招牌。

最后一个途径就是在民间，浙江美食通过京杭大运河传入北京。

赵珩先生对我们说，直到改革开放后，浙江美食才真正以"浙江菜"的说法进入北京。几十年来，有不少颇具特色的浙江地方菜在北京落地生根，广受好评。

"最早是卖面的，比如杭州奎元馆的虾爆鳝面、片儿川，给人留下深刻印象；20世纪80年代初，知味观来北京开店，各种小吃很有特色；还有就是浙江大厦楼下的张生记，那里的老鸭煲非常不错。"说起浙江美食这些年在北京的发展，赵珩先生侃侃而谈。他觉得浙江菜在北京还有很大的发展空间，浙江不同地市的特色菜还可以充分引进。

赵珩先生对新荣记在北京的发展，给予了肯定："新荣记是浙江菜在北京的一个成功典范，它的定位很准确，按照饮食习惯区分商务宴请、普通餐厅，适合不同人群，又不断在菜品上创新、融合，既保持浙江菜的新鲜和美观，又注重造型艺术，讲究个性化、分餐制。"探索性地让浙江美食落户北京，既要照顾到传统，也要照顾创新。例如新荣记以创新取胜，而知味观则恪守传统。

关于未来浙江菜在北京的发展，赵珩先生也给出了自己的建议："我觉得就是不要做那种综合的东西，要突出一个地方的特色，而且不一定是综合特色，比如杭帮菜就真正做好杭帮菜，温州菜就做好温州菜。"

赵珩先生还希望北京的浙江菜能够挖掘传统，将历史上流失的一些东西挖掘出来；并且要精细化，突出鲜、烤、烹、炸各方面的技艺特色，从小处做起。

不认同"浙江是美食荒漠"的说法

"我很肯定地说，浙江不是美食荒漠。"对当前网上流行的评价，赵珩先生表达了自己的态度。

赵珩先生认为，浙江算不上是"美食荒漠"，"恰恰是这块土地过于兼容并蓄，融合了全国各地的美食，造成它的自身特色不是十分明显，整个浙江菜的特色可能比较难说，但是各地市其实有各自的特色"。

不缺美食的浙江，为何被冠上"美食荒漠"的名头？赵珩先生认为，是当代人的饮食变化导致这种观念的产生。在他看来，有三个重要因素在改变当代人的饮食。第一个是饮食观念的变化，"一些传统的浙江菜里，要用到猪油，但是现在的一些饮食观念里，猪油成了不健康的食材；再比如说常见的霉干菜，频频传出有致癌风险的说法，这些新变化让一些传统美食失去了很多食客"。

第二个是食材的变化。以前我们吃的肉（禽、兽肉）都是散养的，现在变成了机械化的人工喂养，都是人工催熟，必然不好吃。全聚德的鸭子，从孵出来到上桌一共 36 天，要是慢慢喂养应该半年以上。现在的植物都是用化肥的，从前一家人要是门窗紧闭切一根黄瓜，满屋生香，现在切十根也未必出香气。

巧妇难为无米之炊！浙江菜讲求食材的新鲜，有些食材离开当地的生长环境，到了外地就无法保证原汁原味了，如金华的火腿、西湖的莼菜、安吉的冬笋、舟山的海鲜，都是享誉全国的美食原料。现代化的食材种植，也让食材失去了一些原本的味道。所以，这个因素对浙江美食在外地的发展产生了很大的限制。

赵珩先生举例道："比如杭州的名菜——龙井虾仁，茶叶要明前的龙井茶，虾仁要手剥的河虾仁。如果有经营者为了迎合大众消费水平，换了其中的原料，就导致大众尝到的菜品并非真正的龙井虾仁。"

赵珩先生喜欢吃腌笃鲜这道菜，按照正宗的烧法，笋应当是早上五点多挖出来，十点多就要上菜，"现在北京卖的笋，是一个星期前送来的，不新鲜了，就烧不出那种正宗的味道"。

第三个就是信息化时代的过度交流，各种菜式过度融合、吸收，你中有我，我中有你，导致很多地方菜逐渐失去自身特色。

"很纯正的菜越来越少了，饮食变得粗糙化，并且开始使用预制菜。中餐不适合用预制菜，预制菜是快餐用的，当代食品工业动不动规模化、效益化，势必造成特色丧失。"赵珩先生说，现在好厨师也是越来越少，随着社会节奏加快，费时间讲火候的东西没了，厨师总是在应付。要保留餐饮文化的核心，就需要留住真正的技艺。

㉒
用画讲述运河故事，58 个遗产点如何穿珠成链？

始建于春秋时期的京杭大运河，全长约 1794 公里。它北起北京市通州区，南至浙江省杭州市。作为世界上开凿年代最早、里程最长、工程最大的古代运河，它对京浙之间的经济文化交流与发展起着不可磨灭的作用。

当我们以现代人的眼光审视、寻觅北京城里有关京杭大运河浙江段人文信息与印记的时候，一个人走进了我们视野。

他叫吴理人，家住京杭大运河南端的杭州拱宸桥畔，是一位"钱塘里巷风情"画家。吴理人曾经沿着运河北上，用绘画记录了运河沿岸 58 个世界遗产点，讲述其背后的变迁发展故事。

用画讲述运河文化故事，成了一个使命

2023 年 7 月 18 日，一个振奋人心的好消息传来：京杭大运河杭州段二通道通航！

自此，千吨级船舶可直达杭州进入钱塘江，浙北、浙东及浙中西部的航道完全贯通成高等级内河水运网。京杭大运河，这条奔涌千年的黄金水道迎来了复兴。

古河新运，这让研究运河几十年的吴理人兴奋不已。

就在京杭大运河杭州段二通道通航后的第 4 天，我们穿过大兜路历史街区，穿过小河直街，穿过桥西民居，来到京杭大运河杭州段的标志性建筑——拱宸桥。

一座拱宸桥，半部杭州史。这座始建于明崇祯四年（1631 年）的古桥，是杭州古桥中最高最长的石拱桥。从古至今，见证了杭州倚河而兴的它，对于杭州的意义非同一般。

而今，横卧在京杭大运河上的这座古桥，连接着历史缩影与现代繁华。桥的这边，镌刻着"中国大运河"的一块山石，成了游人争相合影的"网红石"；桥的那边，高楼大厦、运河广场，每天吸引着大量市民徜徉在运河文化中。

离拱宸桥不远的运河边，就坐落着吴理人民俗馆。走进民俗馆，枕着奔流千年的运河，望着川流不息的船只，我们的思绪飘回到吴理人画中的"十里银湖墅"。

"十里银湖墅"，是吴理人对 20 世纪五六十年代杭州卖鱼桥一带的描述。他绘画记录的年代，也是从那个时候直到现在。

1957 年，吴理人出生在杭州中山北路贯桥，20 世纪 80 年代搬到桥西一带生活。从此，他就和居住在拱宸桥一带的人一样，有了深深的运河情结。

"我是个杭州通，也是个运河通。画京杭大运河，讲中国运河沿线文化故事，是我的使命，"吴理人说，"我画这条河，画这里沿线的运河风情。现在，我的生活已经紧紧地与窗外这条河联结起来了。"

在他看来，杭州就是个运河城市。"你从地图上研究，运河穿过了杭州整个城市，杭州人熟悉的中河、东河都是运河的一部分（而且还是老运河），最后联结了钱塘江。"他说。

与中国画里的大写意、小写意不同，吴理人是个写实派。"'吴理人钱塘里巷风情'这个绘画创作方向，还是著名美术史论家王伯敏给我题写的。1995 年，有一次我拿了自己画的 10 张册页去给王老师看，请他给我把把脉，指点方向。结果他就写了这幅字递给我，实际上是给我定

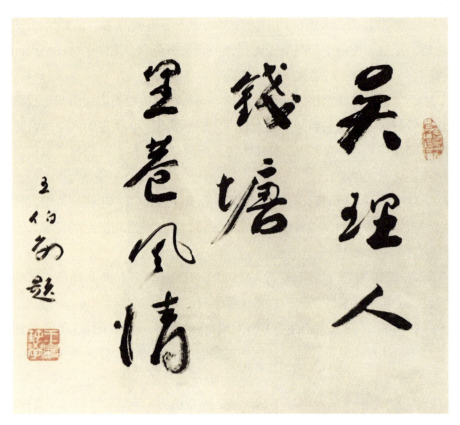

王伯敏题写的"吴理人钱塘里巷风情"

位了，叫我往这个方向走。"吴理人这样告诉我们。

照着王伯敏指点的绘画方向，吴理人还真闯出了名堂。2006年，中国大运河博物馆成立，他被聘为顾问。就在博物馆，他认识了不少南来北往走运河的人。许多跟他一样热爱运河、研究运河的人，成了他的朋友。

至今，"吴理人钱塘里巷风情"的题款，还挂在吴理人民俗馆的墙上。而他呢，也的确认认真真画了许多杭州风情，"2007年之后，杭州老城已经改造得差不多了。我就彻底转向专心画运河了"。

为了画好记忆中的这条河，吴理人不辞辛劳走访了上千个老邻居，他说："邻居们都在这一带生活，对这条河熟悉着呢。我经常向他们请教，他们就把一些地方掌故一股脑儿告诉了我。"

2021年，吴理人完成了京杭大运河杭州段的百米长卷。这幅长卷，真实记录了从临平区塘栖古镇到滨江区西兴古镇的运河风情。

目前他在画的，是京杭大运河浙江段的风貌。"原本也打算画100米。结果画着画着，积累的素材越来越多，浙江段得画成200米的长卷了。"吴理人告诉我们，"我画画有个特点，就是一趟趟到实地去采风、写生，所以绘画进度就没那么快。"

沿着运河北上，只为记录58个运河遗产点

2023年7月6日上午，以弘扬运河文化为主的运河画派研究院落址杭州城北。这个研究院，吴理人是创始人，也是院长。

"说是杭州城北，其实是在运河畔的大关，"他说，"明朝时设立了运河七大钞关，由北至南依次是：崇文门（北京）、河西务（清代移至天津）、临清、淮安、扬州、浒墅（苏州）、北新（杭州）。北新关，就

吴理人参加首届中国大运河文化带京杭对话的海报

是现在的大关。"

成立运河画派研究院，吴理人有足够的底气。

2019 年 12 月，由北京市人民政府新闻办公室、浙江省人民政府新闻办公室、杭州市人民政府以及中国新闻社联合主办的首届中国大运河文化带京杭对话在杭州举行。吴理人作为大运河非遗民俗画项目代表人物及代表性传承人参与对话，站在千年运河文脉的角度，纵谈京杭古今传承。"那次，我还和北京来的画家一起，坐着杭州运河游船，即兴创作了一幅运河作品，我画的是拱宸桥。"吴理人告诉我们。

2014 年起，吴理人曾沿着运河北上，实地踏看并真实记录京杭大运河沿线的 58 个世界遗产点。

"大运河沿线有 58 个申遗点。申遗成功后，这些点就成了中国大运河 58 个世界遗产点，"吴理人说，"我花了整整 6 年时间，挨个走完了所有这些点位。"

吴理人拿出一本厚厚的写生本，封面上写着"无负今日"。实际上，这是一本有关这 58 个遗产点的写生作品集。

从北至南，京杭大运河途经北京、天津、河北、山东、河南、安徽、江苏和浙江，贯通了海河、黄河、淮河、长江、钱塘江五大水系。这些散落于运河沿线的遗产点，就像一颗颗遗珠。吴理人介绍说，有些在城市的遗产点还比较好找，"有些可能只遗留下一块石头、一个堤坝、一个古闸，是在人迹罕至的地方，不仅很偏远，个别还荒无人烟"。

特别是一些在北方的遗产点，从一个点到另外一个点，可能就相隔 100 多公里，有的地方连汽车也不通。怎么办？"我就想办法找到当地的朋友，请他们帮忙带路。他们往往是当地的文化人，其间参与中国大运河申遗工作，对这些遗产点比较了解。"

而今，翻阅这本写生集，我们就像跟着吴理人重新沿运河行走了一遍：北京万宁桥、东不压桥，河北谢家坝，山东通济闸、寺前铺闸、柳林闸、徐建口斗门……

而让他记忆最深刻的，是在微山湖中一个叫利建闸的地方。"当时我提出来要去利建闸，很多当地朋友都叫我不要去。他们说来去要几百公里，就为了那么一个人迹罕至的地方，就几块石头，又是坐车，又是换船的，有点犯不着。"吴理人说，"但我要眼见为实，坚持到实地去看。"

第二天，朋友们开车带他去看了。路上来回花了 7 个多小时，但他觉得很值得，因为看到了真实的利建闸，还顺带画了幅写生作品。

吴理人告诉我们一个消息：2024 年是中国大运河申遗成功 10 周年。有关他行走大运河以及沿线 58 个世界遗产点的故事也将汇集成册，成为正式出版物。

新时代运河文化如何让百姓受益

吴理人自称是运河文化的受益者。"我从画入手，研究运河、绘画运河，成了运河通，用画来讲运河故事。通过这么一个独特的方式，让我跟国内外的运河专家都有了联系，"他说，"是运河让来自世界各地的人，成了志同道合的朋友。"

他告诉我们："世界上有 30 多个国家建有运河，500 多座城市是运河城市。"

"眼前的这条运河，还让我们家找到了自己的创业方向。"他说，"我女儿是学设计的。我创作运河作品，刚好给她提供了文创的灵感，由她负责开发运河文创。"

2023 年 9 月，他们受到邀请，他的画和女儿的文创都在日本的一个展览上展出。吴理人说："2025 年，美国伊利运河将举办通航 200 周年庆祝活动，也邀请我过去办展览。我得好好准备一下，让世人一睹中国大运河的风采。"

在他看来，自古以来，运河就让沿线百姓受益："这条河，养活了多少沿岸的老百姓。它把南方的粮食、布匹、丝绸、茶叶等物品，源源不断地运往京城；又把煤炭、金属等物资捎带回南方。"

以杭州为例。杭州城的北面是运河，南面是钱塘江。"钱塘江汹涌澎湃，经常要涨潮，江边建不了仓库。所以只有在运河边，才能建起各种各样的仓库。"吴理人说。

历史上，杭州城的很多物资是通过运河运进来的，所以运河沿线有不计其数的仓库，都是用于存放各类物资的，如粮食、酒类、烟草、茶叶、丝绸、瓷器等。

"有了这些物资，流通起来发展成商业，解决了城市人口的民生问题。对老百姓来说，运河的便利带来的更多是物质上的享受，"吴理人说，"所以杭州还有句俗语：'城里小生意，湖墅大生意。'意思是，城市里做的都是零售类生意、小本买卖；湖墅因为靠近运河，有那么多仓库，做的是大宗批发生意。"

"全世界也都在利用运河进行货物运输，"他指着窗外繁忙的运河驳船，"你们看，现在运河里跑的，基本是大型运输船，几百吨甚至上千吨。它们运输建筑材料、石油等物资，不仅体量大，而且成本低。"

2014 年至 2020 年 6 年时间里，吴理人不仅走遍 58 个中国大运河世界遗产点，还对运河沿线城市进行了考察，之后他得出一个结论：运河已融入当地百姓生活，但在新时代，运河的发展还有很大的提升空间。

他看到不少运河城市都建设了很漂亮的运河公园、运河广场、历史文化街区，这些成为当地城市景观的一部分。每天早晨、晚上，老百姓都在运河边活动。为此他建议：可以在拉动消费上做些文章，开发关于运河的文旅经济。

"我们可以开辟多条运河旅游线路。2022 年 6 月，京杭大运河北京段、河北段共 62 公里实现京冀游船通航，有力推动了京冀两地河道沿线文化、休闲和旅游资源开发利用。"吴理人说，"杭州也可以沿着运河往北跑，到苏州，到镇江，到扬州，开展多种多样的文旅活动。"

同时，他也觉得可以围绕运河流域文化，开展丰富多彩的水上活动，这样一来"老百姓不仅能参与各种各样的运河水上生活，还可以体验到历史久远的运河文化"。但吴理人也说："文化建设不比其他产业，它是需要时间来积累的。"

第一批沿着大运河"北漂"的浙江人去哪了？

提到北京和杭州的关联，京杭大运河无疑是最浓墨重彩的一部分。京杭大运河不仅将南方经济中心与北方政治中心紧密相连，也传承了千年的历史文化，成为两座城市宝贵的记忆和文化传承之源。

作为运河的北端点，历史上的北京，也得益于运河的滋养而不断成长和壮大。当我们一路探访北京城内的浙江印记和人文故事时，总是能看到这条黄金水道滋养出的繁华景象，听到运河沟通华夏的人文故事。

第一批沿着运河"北漂"的浙江人在哪里？这些浙江人在北京留下了哪些印记和风俗？贯穿南北的运河文化又如何代代相传？带着这些问题，我们邀请大运河文化专家、北京联合大学北京学研究所教授陈喜波一同乘坐北京通州大运河观光游船，寻找答案。

一个村落，一份族谱，一种乡愁

从古代流淌至今的中国大运河，不仅哺育着沿岸的人们，也使得沿线一座座小码头、一个个小城镇成长为一座座大城市。"京杭大运河的北起点，如今的北京城市副中心——通州，就是因大运河而生，因大运河而兴的。"陈喜波说。

通州，是京杭大运河北端的终点，金代取"漕运通济"之义，升潞县为通州。通州是专门负责漕运的城市，数百年来，这里一直是漕运及仓储重地。

我们从通州奥体公园二号码头登船，探访大运河北京段的底蕴。

京杭大运河北京城市副中心段

　　广阔明净的水面上，往来的游船交错穿行，古老的运河焕发着崭新的活力，再现"一脉澄碧通南北"的壮美景象。与河水相依为伴的北京大运河森林公园，如今已经成为北京居民赏花、避暑的热门去处。

　　坐着游船，穿行在大运河水面，陈喜波与我们聊起了通州区的诸多大运河文化遗产。他告诉我们，通州人口组成来源繁多，堪称"五方杂处"。据光绪时期《通州志》的不完全统计，明清时期通州外来人口中，来自浙江和山西的人最多。"过去的通州，有浙江礼节和通州礼节之分，也从一个方面反映出居住在通州的浙江人较多。"陈喜波说，当时在北京城里，浙江的会馆也是最多的。

　　陈喜波说，不管时代如何变迁，沿着大运河"北漂"的浙江人，还是留下了一些印记，供我们回味其中的酸甜苦辣。

　　2006年，通州区文化馆开展非物质文化遗产普查时，在通州漷县镇李辛庄村发现一份李氏族谱，揭开了留存至今的一个"浙江村"的面纱。

　　漷县镇是运河沿线的历史古镇，也是中国大运河古镇联盟成员之一。李辛庄初名"李家新庄"，后因古代"新""辛"有相通之义，而演变简写为"李辛庄"，以明初浙江富户李姓一家迁此而命名。

　　陈喜波说，李辛庄村是一个有点不同的村庄，这里世世代代出了很多读书人，家家户户的孩子都知书识字。在早些年，那里的老人有一个夙愿，就是找到家族的根脉。

　　李氏家族族谱有世系记录的至今已有二十几代，可追溯到明代。家谱记载他们是江南人士，随明成祖定鼎燕都而来。而此前，这个家族又来自何方？这么多年来，村里不断有人出外探寻，也不断有新的消息带回。后来，一位族人发现，在3000多公里以外的浙江楠溪江，也有一个以李姓为主的村落——苍坡村，那里的风俗习惯与李辛庄村有着诸多

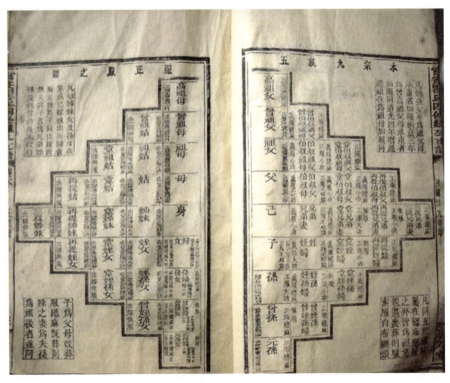

李辛庄村发现的李氏族谱

相似之处。

为了寻根溯源，李氏族人来到这个古村落"寻根"。"在苍坡村，李氏家谱中记载了近 40 代族人的历史，最早可追溯到唐代。为了证明远在通州的李氏一族，就是苍坡村李氏族人的一支，李辛庄村人反复梳理家谱，并核对当地的地方志，终于找到了有力的证据。

原来，明代永乐年间，苍坡村有个叫李伯仁的人，是苍坡村李氏族人的第二十一代传人。他后来随明成祖朱棣北上来到通州，当时驻守在大柳树村。原族谱初始记载从明永乐年间的李伯仁起，直至 1994 年春最后一次续谱止，代代续修，记录着一代代"在京浙江人"的故事。

"这是几百年大历史背景下，一群小人物离合悲欢、家族起落的故事，但也从一个侧面反映出了运河对南北交流的重要作用。"陈喜波说。

李氏族谱的记载详细清楚，除了族人婚配嫁娶、学历、功名和特殊技艺外，还记载了族人因种种原因迁居其他地区等情况。

同时，李氏族谱有着鲜明的浙江家族文化特色。李氏家谱有家法八条：一是严肃闺门；二是务敦孝悌；三是敬养师长；四是务严交游；五是务精勤本业；六是务和睦乡党；七是务严禁赌博；八是务戒淫荡。2007 年，李氏续家谱习俗被列为通州区非物质文化遗产保护项目。

一个场景，一幅国画，一份印记

北漂，是对很多异乡人在北京讨生活的形象概括。陈喜波告诉我们，实际上，在谈及北京城建都历史时，老北京人流传着这么一句话："一条大运河，漂来北京城。"

一个"漂"字，让人惊讶。这座千年古城、五朝名都，怎么会是漂来的？

　　"实际上，营建北京城所需的大量材料，都要通过大运河从南方运来。北京成为都城后激增的人口，也依赖大运河调运江南的粮食、丝绸、茶叶、水果等生活必需品。而到了明代，建设北京城的砖石木料，亦是通过大运河运抵京城。"陈喜波说，从建筑材料与生活物资的来源讲，北京城的的确确是从大运河"漂"来的，这句古话也很形象地表述了大运河支撑京城的特殊作用。

　　公元 605 年，隋炀帝开凿了南起余杭（今浙江杭州）北至涿郡（今河北涿州）的京杭大运河。元朝则增修了济州河和会通河，将隋唐大运河裁弯取直，但这条新的运河因水源不足通航效果不佳，运量有限。而到了明朝永乐帝朱棣时期，因迁都需要，重修大运河，京杭大运河自此全线畅通。

　　朱棣对新都城的经营，首先从移民展开。明永乐元年（1403 年），浙江等九省富民，直隶、苏州等十郡总共近四千户落籍北京。明永乐二年（1404 年）至三年（1405 年），政府又将浙江、南京富民三千户迁至北京的宛平、大兴两县。

　　"可以说，今天北京城内外很多人的祖上，都是坐船沿着大运河从南方来到北京，成为第一批'北漂'。"陈喜波说。

　　"京杭大运河是南北方经济流通大动脉，运河上不仅有漕船，还有商船、民船。"陈喜波告诉我们，古人记载"盖四方之货，不产于燕，而毕聚于燕"，"今天下财货聚于京师，而半产于东南"，说的就是大运河给北京商业带来的繁荣。

　　清代乾隆年间曾有一幅名画，叫作《潞河督运图》，生动描绘了通州漕运盛况。全图从一片汪洋的水域画起，正是每年春季第一批漕船到达通州的时候，河岸边垂柳依依，桃花盛开，一艘艘满载漕粮的船只行驶在水面上。

值得一提的是，这幅"运河版"《清明上河图》的策划者，恰好是一位来自浙江的官员。

清乾隆四十一年（1776 年），来自浙江桐乡的冯应榴出任通州坐粮厅的差使。通州坐粮厅隶属户部，职掌天津至通州的潞河（北运河）诸多事务。

冯应榴上任后，恪尽职守，频繁地前往潞河巡察漕运工作。每当他眺望河上万舟齐聚、帆影参差之时，就勾起对浙江老家河川纵横交错、船只来往繁忙的记忆。他又想到只有江南老家粮食丰收了，才能有大批漕粮千里迢迢、源源不断地沿着京杭大运河运至京城，一种自豪感油然而生。

为官者的责任，使他萌发了将潞河漕运盛况记录在案的念头。为了实现这个愿望，他邀请自己的好友画家江萱前来通州写生，创作出这幅描绘运河文化的鸿篇巨制。

图画好后，冯应榴也是感慨不已，提笔在画卷后写了一篇洋洋洒洒的长跋《自书潞河督运图后》，留下了"浙右才名门第高，自述河船当图志"的美篇。

一条大运河，串联南北代代相传

大运河上的通州和浙江还有哪些联系？

陈喜波说，京杭大运河流经各地，只有北京通州存在着漕运机构，因为当时沿河八省都需要向朝廷纳贡粮食，进而有了验粮机构。除了朝廷设在通州的漕运衙门外，通州还有不少各省的办事处，可以算是最早的"驻京办"，其中就有"浙江驻京办"——浙江漕运总局。

漕运总局做些什么？陈喜波给我们科普，当时远途而来的漕船和漕

旧时航行在北运河上的运粮船

丁常常遭遇刁难和拖延，也有舞弊肥私的情况。为了解决这些问题，各地"驻京办"负责交纳漕粮、钻营打点，并处理漕粮受潮及缺欠等问题。

"通州只有两个省的漕运机构能被称为'总局'，一个是浙江，一个是江苏，其他都叫'会馆'。"陈喜波介绍，浙江漕运总局设在通州北门内的剪子巷，即现在的安福胡同。

《通州故事丛书》里记载，浙江、江苏两处漕运总局都是清同治十三年（1874 年）建立的，是两省驻通州的漕务管理机构。有关漕粮的一切事务，都由这个机构办理。

比如本省的漕船到达通州，先报漕运总局，再由总局报坐粮厅和仓场总署。验收漕粮时，局员随同前往。遇到漕粮潮湿、短欠等一切舛错事故，均由总局处理。两局分别设有公堂，运丁有误期或盗卖漕粮等行为，立即刑讯、责罚或枷号。

运河也将浙江地区的信仰带到北京地区。"浙江人信的水神是潮神张公，通州城有一座张相公庙，过去北京城也有张相公庙胡同，就是西城区现在的东绒线胡同。"

陈喜波说，浙江的水运文化在北京也有着充分体现。大运河的水声，指引着我们继续探索。

在古代，完成漕运的基本任务外，负责粮食运输的船工和粮食押运的官兵，被允许携带少量货物随船，并与沿途当地人进行交易。因此，通州的一些漕运码头逐渐兴盛起来，通州的市集上常常会涌现来自南方的特产，繁忙的运河码头也融合了南北地区的风情，混杂着南腔北调。

陈喜波讲了一个小故事。帮梅兰芳写剧本的著名文化学家齐如山写过一本《北平杂记》，书中说过去北京卖来自南方的货物都标着三个字——"照通发"，也就是按照通州的价钱卖，实际上反映出沿着大运河而来的南货影响着全北京的定价。

像这样南北方民俗交融复合的故事还有很多，陈喜波一口气列举了多个例子。

例如北运河沿线漷县镇张庄村，有一个当地最具特色的表演形式，叫作张庄村龙灯会。2005 年被列为北京市"非遗"项目时，正式命名为"通州运河龙灯会"。

张庄村的舞龙是十分少见的蓝色，而北京地区绝大多数的舞龙都是红色或黄色的。张庄村舞龙的制作工匠曾维善曾讲，"这是老辈儿这样传下来的"，当地村民认为，蓝色能激发人的想象力，增强人的斗志。

"后来，北京市一位民间舞蹈专家在组织全国龙灯表演时，发现浙江、安徽、江苏等地区多有蓝色龙。"陈喜波说，这更证明了大运河漕运使南北文化在通州地区交汇、碰撞、融合，并在通州扎下了根。

再如，运河对京剧的影响也非常大。京剧的形成与乾隆南巡有关，后来四大徽班也是沿着水路进京，中国戏曲自古有"水路传播"的说法，而大运河就是证明中国戏曲水路传播的活化石。

以及传承至今的通州运河船工号子，特点也是"水稳号不急，词带通州味，北曲含南腔，闲号独一份"，成为具有京味特色的民间音乐形式。

除了戏曲文化，京杭大运河贡献给全世界"吃货"们的另一个大礼是北京烤鸭。"北京烤鸭闻名世界的独到之处，就在于运河滋养了好的鸭料。"陈喜波说，鸭子本身食量很大，运河运漕粮，在搬运的过程中难免撒落一些。这些落在运河中的漕粮为鸭子提供了食物。他告诉我们："运河上的鸭子肉质鲜嫩肥美，经过多年培育，逐渐产生了北京鸭这一具有地方特色的品种。"

大运河还令南北方美食在融合中衍生出不同的风味。例如，从民国时期起被称为"通州三宝"的万通酱豆腐，其创建初期，生产酱豆腐的坯料均购自浙江绍兴惟和腐乳厂。

万通采购的坯料在绍兴装坛以后，运至杭州码头再装船起运，通过京杭大运河水运至通州，在由南至北的水路运送中，豆腐本身已经完成了第一次发酵。到通州厂以后，再根据北京人的口味加入作料，进行第二次发酵。南北交融，别有一番风味，万通酱豆腐也成为驰名中外的北京老字号。

"这是一个很小的故事，但通过了解南北方食物的千里流转、口味变化，我们在其中找到了一条奇妙的线索，那正是大运河。"

说起运河的文化故事，陈喜波如数家珍。他表示，运河文化是流动的、活态的文明，也是南北交流的重要载体。"人、物、建筑、风俗等，无一不体现着大运河从本质上带动了中华民族共同体的形成。"

㉔
宜打卡收藏！新版京城浙江美食地图来了

美食是地标，更是文化和乡愁。对于在京浙江人来说，不管是新到北京的，还是待了多年的，大家对于家乡美食的口味一直没变，浙江美食仍是挚爱。

2023 年 8 月 18 日，采访组携手美团，权威发布《美食地图——寻访京城内地道浙江餐馆》(后文简称美食地图)，精选多家在京浙江餐馆并集中呈现在地图上，让广大食客可以"看图寻宝"。

这张美食地图收录了数十家浙江餐馆，涵盖了浙江杭州、宁波、温州、湖州、嘉兴、绍兴、金华、衢州、舟山、台州、丽水等 11 个地市的美食。东坡肉、片儿川、红膏炝蟹、温州鱼丸、湖州干挑面、台州食饼筒等，总有一款能抚平你味觉上的思念。

据了解，北京餐饮店规模达数十万家，其中江浙菜餐厅数量占比不到 1%，但江浙菜单门店线上浏览次数超过 30 个细分品类，可以排到 TOP5，这说明食客们对江浙菜有很大的兴趣。

"从我的角度来看，北京的浙江菜呈高端宴请类和接地气的档口类两极分化的趋势，中间类型的商户以连锁店居多。"美团相关负责人告诉我们。负责人表示，在北京，川菜、粤菜是比较突出的类目，浙江菜想要"出圈"，最大的难点在于展现出菜系的特色，让广大消费者了解、接受、喜爱。

其实，在偌大的北京城里，藏着不少正宗的浙江美食。我们仔细浏览美食地图后发现，收录的浙江菜餐厅好评如潮，有浙江老乡怀念家乡味道去寻味疗愈的，也有美食爱好者看到推荐特意去打卡的。

美食地图——寻访京城内地道浙江餐馆

循着美食地图，也在食客们的推荐下，我们探访了几家浙江美食餐馆。

绍兴菜

咸亨酒店于 1997 年进京并发展至今。北京咸亨酒店和平店位于北三环东路 19 号，外观、内景等装饰风格都延续了鲁迅小说中的描述，也与绍兴的咸亨酒店一致。北京咸亨酒店总经理马勇介绍，店里的大部分食材来自绍兴本地，比如鱼、鸭以及"霉的、臭的"等特殊食材。"2023 年以来，店里生意可以用'超级火爆'来形容。包厢订座得至少提前四到五天。"马勇说。

根据食客的推荐，我们又找到了一家北京绍兴菜新贵——"三福记"。这家店位于北京市丰台区新兴的丽泽商务圈晋商联合大厦，自 2022 年 3 月 29 日开业以来，营业额逐月攀升。

三福记老板韩锡源，浙江上虞人，在北京从事灯光照明行业多年。从小喜欢做菜的他，做红烧带鱼是一绝。据了解，但凡来三福记的客人，必点两道菜：霉干菜烧肉、红烧带鱼。"现在我们店的客人，已经从刚开始的以浙江人为主，转变为浙江人、外地人各半。"韩锡源告诉我们，"我自己呢，也从照明行业转到以餐饮为主业了。"

我们从几位在店里吃饭的客人那里了解到，他们喜欢来三福记，除了因为喜欢绍兴菜，还因为这里经常推出创新特色菜。"我们以绍兴菜为主，同时借鉴杭州、宁波、萧山乃至广东、福建的一些做法，精心钻研口味，每月必推出几道创新的绍兴菜。"韩锡源说。

北京咸亨酒店和平店的装饰风格依旧保持着鲁迅小说中的样子

温州海鲜

主打海鲜的温州菜，同样在北京城有着不小的影响力。2023 年 8 月 9 日傍晚，我们来到大红门探访时发现，这里的温州餐饮，高端私厨、大众化餐厅和大排档类的高中低三档俱全。我们挑选了面向大众、价位比较亲民的"瓯江码头"进行探访。

瓯江码头位于大红门区域的合生广场 5 层，2023 年 7 月 6 日开始试营业，现在已经在周边一带小有名气。"这一带有中关村丰台科技园，我们针对的是这部分客户。"负责人童小勇说。

童小勇是洞头人。他告诉我们，和所有温州美食店一样，这里也讲究"温州味"，主打一个"鲜"字。除了正宗的温州海鲜，店里年轻的厨师团队还琢磨出了海皇豆腐、蜜汁牛排等创新菜肴，深受年轻人喜欢。

瓯江码头的"温州味"，还体现在店内装饰和营商环境上。进门处，是一艘刚刚靠岸的海船模型，寓意食材的新鲜；电视里放的，是有关温州和瓯江的宣传片；墙上挂的，则是一幅幅"海的味道"，比如滩涂、海浪以及通向海边的栈步道。"温州人重视乡情。我们这个店，就是在京温州人乃至浙江人的一个小家园，"童小勇表示，"我们希望温州菜融入北京的同时，还能在北京开枝散叶。"

衢州山珍

浙江有山货吗？衢州人一定声音洪亮地告诉你：有！衢州人家位于北京西城区广安门南滨河路 25 号。走进店内，博士菜、深山白笋干、衢州千张结、风味芋头干……最显眼的位置展示着各种各样来自衢州乡村的食材。

衢州人家店内展示着来自衢州乡村的各类食材

　　其实，衢州人家是"老店新开"。早在 2012 年，这家店就开在北京的北三环，是北京衢州商会实业办会的重要探索，那个时候就叫衢州人家。"店如其名，我们希望这个地方就是衢州人的家，更是浙江人的家，成为大家交流交友的大平台。"北京衢州商会执行秘书长吴微微说。

　　说到店里的特色菜品，她介绍道："衢州人家从开业之初，就因衢州原生态山里土菜而出名。用山茶油、菜籽油烹饪的钱江源清水鱼，野泥鳅、螺蛳、河虾等小河鲜，道道鲜美香醇；享有美誉的衢州招牌'三头一掌'——兔头、鸭头、鱼头、鸭掌，经典至极，口口鲜香；还有从衢州空运过来的竹林鸡、土猪肉、白辣椒、开化青蛳等，都是舌尖上的美味。"

　　"衢州菜的口味就是山里菜，鲜、辣，我们现在不仅食材是空运的，厨师也是衢州老家来的，为的就是保留原汁原味。"吴微微说。

　　独具特色的衢州菜在北京不仅吸引着衢州老乡，也赢得了不少本地人的喜爱，衢州人家真正做到了把最原汁原味的绿色食材和衢州味道带到北京。

第三章

组织的
藤蔓

㉕
探访浙江驻京机构，看繁茂的藤蔓长出怎样的嫩芽新枝

俗话说："在家靠父母，出门靠朋友。"各种形态的组织无疑是在京浙江人联系的纽带。浙江各地驻京机构、各级商会组织等，在京浙江人通过它们以"乡音乡情"链接，相互赋能，共创发展。

行走在北京的街头巷尾，我们探访各地驻京机构，聊一聊那些有意思的浙江故事，看一看繁茂的藤蔓又长出了哪些新枝嫩芽。

为让越剧更好扎根北京，有了一场特殊会谈

源自浙江的地方戏曲中，绍兴越剧经常在央视春晚亮相。尽管金华婺剧也已多次登上春晚舞台，但若论已经在北京深深扎根的，还是非绍兴越剧莫属。

2023 年 8 月 10 日下午，绍兴市人民政府驻北京联络处（后文简称绍兴市驻京联络处）主任冯国强和北京越研会会长王蔚丽会晤。会晤主题就是越剧，双方就如何建立长效合作机制，共同推动"南花北移"的越剧在北京续写新篇进行了交流。

冯国强认为，越剧发源于浙江绍兴嵊州，目前越剧在北京长出了嫩芽，培养了一批忠实的票友。2023 年以来，北京的演出市场非常火爆，浙江的地方越剧团也作出了一定的贡献，仅 2023 年 6 月以来演出就有不少。

6 月 13 日、14 日晚，浙江小百花越剧院（浙江越剧团）在北京天桥艺术中心大剧场演出越剧经典《梁山伯与祝英台》《五女拜寿》。

冯国强（左）和王蔚丽畅谈越剧在北京的发展

7月14日、15日晚，由浙江小百花越剧院（浙江越剧团）、绍兴市上虞区公共文化服务中心共同演出的越剧现代戏《祝家庄里的年轻人》，在北京中央歌剧院剧场上演。

7月18日晚，来自元末明初著名戏曲家高则诚故里的瑞安市越剧团，携新编越剧《琵琶记》亮相北京，参加国家大剧院 2023 年夏季演出季"百戏中华——国家非遗戏曲展演"。

8月8日、9日，绍兴市越剧团在长安大戏院演出了越剧《孟丽君》《梁山伯与祝英台》。

"越剧被称为'流传最广的地方剧种'，有'第二国剧'之称。它清秀典雅，流派众多，唱腔优美动听，表演真切动人。北京城里追越剧的票友有不少，老老少少都有。"越剧票友杨萍表示，"对于我们戏迷来说，浙江各地越剧团进京演出就是一种福利。"

杨萍说，上述提到的几场演出均座无虚席，"特别是绍兴市越剧团在长安大戏院演出的《孟丽君》，尽管一张赠票都不出，全部走市场销售，但因为领衔主演的是中国戏剧梅花奖得主李敏、张小君，这出戏照样爆满"。

冯国强对越剧在北京的发展充满了信心："我们在北京有一个'遇见绍兴'的品牌推广，遇见绍兴酒、遇见绍兴菜、遇见绍兴戏等，就是要让绍兴的文化品牌、特色产品在北京广为人知。"

冯国强说，跟北京越研会会长王蔚丽的会晤，让他收获很大："越剧要实现'南花北移'，在北京培育市场，离不开广大越剧爱好者的助力。在这个领域内，北京越研会三十余年坚持不懈，作出了巨大贡献。"

三十几载春秋，越研会的演员们努力钻研越剧艺术，刻苦学习流派唱腔和行当表演，有 8 位演员分别成为著名越剧艺术表演家徐玉兰、王文娟、傅全香、金采风的弟子。

"同时，我们越研会舞美、灯光、道具、化妆、音响等专职人员，一应俱全。"王蔚丽表示，这次和绍兴市驻京联络处的会晤，让她看到了绍兴地方政府推广越剧的决心和信心。这是一张金名片，她对未来与越剧家乡绍兴的合作充满期待。

在京温商打出的"美学经济"，是什么牌？

当我们跟温州市人民政府驻北京联络处（后文简称温州市驻京联络处）主任朱大志聊起温州商人在北京打拼创业的经历时，他首先提到的是温州的鞋服行业。

朱大志说，温州服装起步早，所谓"世界温商"，温州人的海外亲戚也多。改革开放后，温州人把世界服装潮流引回温州，又通过温州人带到了北京。

不仅服装，就连相关行业的面辅料，温商也引领着北京乃至华北市场的潮流。在大红门，光是浙商经营的服装行业相关市场，曾经有大大小小几十个。

据乐清人伍朝八介绍，作为华北区域最大、最红火的服装批发交易中心，北京也曾是服装行业的风向标之一。比如面料，女士的冬装和男士的休闲夹克，都曾有过"全国看北京"的辉煌。"这辉煌，就是我们浙商创造的！"伍朝八说。

随着北京非首都功能疏解，伍朝八跟随大红门浙商中的大部队去了河北永清，在云裳小镇继续经营女装面料。"如今在面料界，女士冬装细分行业的风向标虽已转到南方的杭州、嘉兴一带，但我的店铺依然是环北京一带女装面料品种最全的一家，"伍朝八说，"附近女装的潮流，我们还是努力在引领。"

伍朝八店内品类齐全的女装面料

　　伍朝八关于时尚潮流的表述，得到了北京服装学院副教授邱晔的认可。邱晔是新温州人，也是国内美学经济研究领域的青年学科带头人。她认为，浙江人有敢为天下先的意识和行动；浙江不仅生活产业起步早，而且还是中国内地最早的时尚流行策源地。例如 20 世纪八九十年代的温州，曾被誉为"内地小香港"，不仅以大进大出的小商品模式成为当时中国的时尚消费高地，也掌握了"穿在温州，美自温州"的时尚话语权。"浙江人在时尚、鞋服等方面的审美情趣已经影响了北京乃至华北，"邱晔说，"今后，这样的影响还会延续。"

　　邱晔举了温州鹿城的例子："鹿城是'中国鞋都'，鞋服是其传统产业，目前正在尝试向'世界鞋都'的跨越。"她向我们解释，国内鞋业有"三州一都"引领潮流，"三州"即温州、广州、泉州，"一都"即成都。其中，温州是时尚鞋业，广州是原创设计，泉州是运动鞋业。"温州的鞋业时尚正处于风口，目前'三州一都'已有向温州集聚的苗头，就连意大利、阿根廷、俄罗斯等国的订单也在涌向温州。"邱晔说。

鹿城区在 2023 年 6 月与北京服装学院签约，合作成立北京服装学院温州美学经济研究院。在邱晔看来，新出炉的"温州美学经济研究"，将通过美学经济思维革新传统时尚产业链上生产者的思维，加强美学创新、研发、设计以及品牌与服务，从而引领消费者转变消费理念和消费行为，实现温州本土时尚品牌突破"天花板"，向世界品牌进发。

温州人正在做的事，就是先让鞋服生产者时尚起来，从生产端影响消费端，引领国人变得时尚，同时打造世界级的温州时尚品牌。"这样的时尚，以温州人乃至浙江人的传播速度，很快会扩散至全国。"邱晔表示。

嘉兴红船成文创，驶向千家万户

浙江嘉兴南湖里的那艘小小红船，举世皆知。一艘红船承载着人民的重托、民族的希望，越过急流险滩，穿过惊涛骇浪，成为领航中华民族实现伟大复兴的巍巍巨轮。

在北京西城区广安门外大街北京小学旁边的一幢居民楼里，一家传播"红船文化"的浙江公司藏身于此。我们在市面上看到的南湖红船模型，是从这里流传开去的。

在嘉兴市人民政府驻北京联络处（后文简称嘉兴市驻京联络处）主任王刚的指引下，我们慕名前来探访。

"我们的生产基地在嘉兴余新，销售中心在这里。"负责人唐峰手里举着一艘小巧玲珑的南湖红船模型，不无骄傲地说，"这样的实物和模型，我们每年能售出 4 万多艘！"

　　唐峰是嘉兴女婿。木匠出身的他，自2009年创办嘉兴市水乡工艺品有限公司（浙江红舟文化传媒有限公司前身）起，便喜欢上了停泊在嘉兴南湖里的那艘红船。"2013年，首都博物馆展览并收藏了我们生产的一艘南湖红船（船身长2.8米）。为此我深受启发，觉得可以在北京将红船文化和红船精神发扬光大。"唐峰说。

　　至今，北京不少重要地方都有了南湖红船的身影。小至16厘米的模型，大到1∶0.9的真船，总共17个规格的南湖红船不仅行销全国，还推广到非洲、东南亚等地。

　　"在我眼里，小小一艘红船不仅代表了工艺细腻、精致秀美的江南文化，更重要的是，它还象征着来自嘉兴南湖的红船文化，"唐峰说，"红船精神一直激励着我。立足北京，未来我要把它推广到全世界。"

浙江红舟文化传媒有限公司内陈列了不同规格的南湖红船模型

26
一个课题背后的"藤蔓故事"

在我国，央企是优势产业的主导者、先进技术的运用者、雄厚资本的拥有者，推进与央企的对接合作，始终是全国各地导入先进技术、引进高端人才、扩大有效投资的重要路径。

浙江在这方面成绩如何？应该采取哪些对策？

2023 年 5 月，作为驻京机构，浙江省发改委驻京发展处牵头立项了"新时期浙江省与央企合作重点领域研究"课题，并和国家高端智库专家以及浙报集团北京分社共同组建了课题团队，对此进行了深入研究。

"浙江所需，北京所能"，沿着课题这根藤蔓，我们一起感受"智"汇浙江背后的探索与思考。

浙江与央企合作由来已久

早在 2011 年 12 月 26 日，国务院国资委领导和 100 多家央企负责人齐聚杭州，如此大的阵容在当时的浙江还是首次。他们前来，一是国务院国资委与浙江省签署战略合作备忘录，二是央企与浙江进行合作洽谈和项目签约，由此拉开了浙江与央企有组织对接的序幕。

源自浙江省发改委的信息显示，以落实央企战略合作协议为主体，浙江连续按年度组织编制实施浙江省央企合作项目推进计划，近年来每年实际到位资金均超千亿元，有力巩固提升了浙江省与央企合作的机制化、常态化、规范化水平。

尽管浙江省与央企对接合作稳步推进，取得一定成果，但也要正视

课题组在金华走访调研

存在的问题，例如：在实际工作中紧密结合浙江省实施国家重大战略、培育产业链和产业集群的需要开展与央企的主动对接合作，还有待深化；破解在对接中各自为政、工作系统性不强问题，形成作战合力，还有待提升；等等。

浙江出题目，北京找答案。探索助力浙江经济社会发展新路径，这是驻京机构联合组织开展这次课题调研的初衷与本意。

"众人拾柴火焰高"，课题组马不停蹄地在京浙两地展开走访、座谈。课题组目标很明确，就是通过走访、座谈，深入挖掘浙江与央企对接合作的巨大潜力，找准重点合作领域、政策举措和路径机制，为有效扩大央企赋能浙江高质量发展合作成果提供决策依据。

2023 年 6 月 12 日至 15 日，浙江省驻京办党组成员、副主任邵千龙带领课题组，就推进"新时期浙江省与央企合作重点领域研究"课题赴杭州、金华、衢州进行实地调研，分别在三市召开座谈会，探讨央地合作的经验成果、重点领域需求、困难问题、推进举措，并收集了相关建议。

课题组又赴临平开发区、钱塘江海之城、兰溪金兰创新城等平台考察了合作环境；到服务型制造研究院、中国联通服装制造军团、大唐热电、华润英特等项目现场了解了央地合作推进情况；在华瑞航空制造、江山绿色智能数字化新材料、甬金金属等企业听取对开展央地合作的考虑打算，并与浙商博物馆交流了以民营经济优势推进与央企对接合作的做法经验和推进举措。

邵千龙希望各地要强化战略思维，支持并用好浙江省驻京办"两站一厅"数字化平台，聚焦产业链补链、延链、强链，精准匹配央企高端优势资源，扩大在产业领域的合作成果。要注重与研究机构的对接联系，推动更多科技成果在我省转化落地，不断提高央企合作水平。要进一步优化营商环境，切实把培育壮大民营经济的经验举措转化为与央企对接的合作优势，充分调动央企与我省合作的积极性。

崔向科，浙江省发改委驻京发展处处长，有在国家部委长期挂职经历。作为本次课题组负责人，他站在整合首都优质资源赋能浙江发展的视角，对调研课题进行布局谋篇。2022 年，他创新成立浙江省发改委驻京流动党员党支部，把借调在国家部委的浙江发改系统党员干部组织起来，通过支部共建联络资源，党建引领凝心聚力，调动大家为家乡建设出谋划策的积极性。

浙江省发改委驻京流动党员党支部组织开展活动

课题组成员在衢州走访后合影

　　这次课题研究，给了大家站在发展改革视野、央地合作视角，把脉浙江、贡献智慧的机会。

　　洪振斌，中国国际经济交流中心区域经济处原处长。作为课题组专家，他认为，浙江与央企对接一定要避免盲目，"低效对接"造成的浪费实在太大了。他给出的解决之道是，前期联合高端智库，以课题方式进行立项研究，知己知彼，了解需求，精准赋能，磨刀不误砍柴工。

　　项洪斌，北京"三浙"发展平台执行主席。"三浙"发展平台链接在京浙大、浙商、浙贤群体，经过多年发展，积累了广泛的人脉资源。作为课题组专家，项洪斌说，接到课题组任务后，他就在走访问计。他认为，现在全国都在对接央企，那里已经是一片红海了。其实央企也要发展，寻找业务新方向。他建议，浙江作为共同富裕示范区，要在开辟业务新蓝海上下功夫，在争取先行先试上下功夫。

藤蔓有力量，期待课题成果更好赋能

　　2023 年 8 月底，课题组的调研座谈工作进入尾声。浙报集团北京分社以浙报智库北京研究院的身份参与整个调研座谈活动，以媒体视角发现问题，链接资源，思考对策。

　　就课题成果本身，课题组在以下四个方面进行了思考。

　　一是领域上聚焦服务重大战略。围绕贯彻落实党的二十大精神，聚焦浙江省实施的长三角一体化发展、共同富裕示范区建设等国家战略和三个"一号工程"，瞄准打造现代产业体系、提升产业链供应链稳定性竞争力的目标，系统谋划央企优质的人才、资本、技术、信息、管理等要素向浙江循环集聚，助力浙江省加快形成央地合作赋能高质量发展的系统路径。

　　二是工作上加强顶层整体设计。强化省级层面的引领、指导、协调，确保形成政策、信息、经费、人员、举措工作闭环。以"专班运作"模式整体推进央企对接合作，聚焦事关全局的系统性、整体性、层次性的顶层规划和改革创新，研究与央企合作工作政策、工作机制、产业结构、问题协调等相关事项，承担与央企对接合作项目谋划、推进和落实。进一步完善浙江省同央企高层领导定期沟通机制，建立战略合作关系，围绕顶层设计精准对接有效项目，落地项目由数量向质量转变，全面提升浙江省与央企对接合作的层次和水平。

　　三是机制上省市县协同推进。在浙江省委、省政府统筹下，浙江省市县各级政府协同推进与央企对接合作，进一步优化营商环境，开展央企合作项目全程跟踪，为与央企合作项目提供全过程服务，降低企业运行成本，加快推进项目快速落地。按照"储备一批、推进一批、实施一批"的要求，滚动推进与央企合作项目，编制进度清单、问题清单、责任清单，及时监测掌握项目动态，定期汇总分析全省对接合作工作进展情况，积极协调解决在项目推进过程中的问题。

　　四是方法上突出市场企业主体。充分发挥市场在资源配置中的决定性作用，遵循市场经济规律，创新体制机制，推进以资本为纽带的并购重组、产（股）权转让、增资扩股、合资合作开发，支持企业完善法人治理结构、建立现代企业制度。充分发挥企业在对接合作中的主体作用，尊重企业意愿，调动企业积极性，以央企开展混合所有制改革为契机，积极探索我省民营企业与央企对接合作的新路径。

　　藤蔓有力量，期待一个全新的与央企对接机制，赋能浙江经济社会高质量发展。

㉗
这道"最美风景"背后的浙江魅力

北京是全国人才集聚的高地，尤其是海淀区。我们行走在海淀的大街小巷，不时看到这样一句话："人才是海淀最美的风景。"这句话，被镌刻在街头、墙上，特别是在高科技企业集聚的中关村以及全国顶尖高校汇集的五道口、六道口和海淀黄庄、学院路。

确实，人才是高质量发展的根本。2022 年，浙江省常住人口增长 37 万，常住人口增量位居全国榜首。从院士，科研院所、各大高校的专家学者、科技人员，到高校毕业生，最近几年，浙江驻京机构围绕各地产业布局和中心工作，从北京引回不少浙江发展急需的人才。

那么，浙江 11 个地市的驻京机构，是如何通过人才招引，助力厚植浙江高质量发展的人才底座的？

筑巢引得凤凰来，余杭邀约全球人才

最近几年频频上演的人才大战，是一场场城市间的竞争，也是关于未来的竞争。每个城市都在努力吸引更多的人才，推动城市的发展。他们纷纷出台各种人才政策，把橄榄枝伸到了首都北京。

杭州市人民政府驻北京办事处（后文简称杭州市驻京办事处）主任江奔腾提到，作为浙江经济强区的余杭区也加入了这场"战局"。

以数字经济为主的余杭区是"创新活力之城"，也是一个快速成长的、人口加速流入的城市。杭州市连续 6 年人才净流入全国第一，其中超过一半的人才流入余杭区。

海淀街边"人才是海淀最美的风景"标语

余杭区的目标是力争到 2025 年，人才总量达到 50 万人。

余杭区采取了"走出去"吆喝的方式。2023 年 7 月 10 日，余杭区委常委、组织部长张立亲自带队，将余杭区人才发展推介会开到了北京。这个推介会的目标十分明确，立足余杭的数字经济产业，面向全球发出邀约："来余杭，见未来。"

"与传统产业不同，数字经济比拼的就是人才，而且是高层次人才。"张立说，"此刻的余杭，比任何时候都更渴望人才，更能成就人才。'你负责茁壮成长，我负责阳光雨露'，是我们的不变承诺。"

会上，他们启动了"筑梦余杭@向未来"2023 年度大学生社会实践活动，通过聘任"金燕联盟"北京分会会长，向在京高校学子发出邀请；他们与浙报集团潮新闻客户端签订引才合作协议，并举行"余杭区人才服务工作站（北京）揭牌仪式"，将招引目标对准在京高端智库。

更令人赞赏的是，他们还在北京聘任了五位"引才使者"。他们中，鲍啸峰是全国工商联青年企业家委员会副秘书长、北京市工商联青年企业家专委会副主任兼秘书长，施明俊是余杭商会北京分会会长，林甲灶为中国科学院自动化研究所助理研究员、计算机博士，项洪斌为中商政和"三浙"发展平台执行主席，丁志峰是北京环球英才交流促进会执行会长。

五位"引才使者"，清楚地表明余杭区的目标不仅对准在京高校、科研院所的高端人才，同时也将招引更多青年企业家和海外高层次人才。

清华大学绍兴日，"兰亭雅集"北京版出炉

古城绍兴已有 2500 余年建城史，历史上孕育了书圣王羲之、心学大儒王阳明、民族脊梁鲁迅、人民总理周恩来等杰出代表，被赞誉为

"鉴湖越台名士乡"。

绍兴市驻京联络处主任冯国强多次表示，古城绍兴同样求贤若渴。

近年来，绍兴加大招才引智力度，持续推出招才引智专列，声势不断壮大。近几年，绍兴市成为长三角区域最受年轻人才青睐的城市之一。

统计数据表明，2020 年至 2023 年上半年，绍兴市共引进来自北京的院士专家工作站 6 家；北京高校本科及以上的毕业生 992 人，其中博士 106 人、硕士 419 人；来自北京高校的选调生 54 人，其中北京大学 18 人、清华大学 19 人、中国人民大学 11 人；选聘生 8 人，其中北京大学、清华大学各 3 人，中国人民大学 2 人。

绍兴在京招引人才还很注重战略、战术，具体打法也很多样。最近几年在北京"抢"人才的时间节点上，都非常巧妙地打出了时间差，一般会选择在 10 月底、11 月初开始至寒假前结束。之后还会举办各类联谊会或论坛，并针对高校学子在假期组织"在京学子绍兴行"活动，以实打实的举措提升人才资源整合力度，促进人才作用发挥。

"我们想把北京的人才、科技等高端要素资源'循环'到绍兴去，更好助力绍兴依靠科技创新推动高质量发展。"冯国强表示。

2022 年 11 月 8 日，作为"2022 中国·绍兴'名士之乡'人才峰会"的组成部分，2022 北京·绍兴人才节拉开帷幕。与一般活动不同，这个人才节的举办时间从当天起至 2023 年 1 月上旬，跨度长达两个多月。

在这两个多月里，绍兴全市驻京干部密集开展了"拜访""走进""遇见"等 6 个系列活动。仅以"走进"系列为例，他们在 50 天内，紧锣密鼓走进 15 所以上知名高校、20 家以上金融机构、25 家以上科研院所、25 家以上央企国企以及 30 家以上高新技术头部企业，从中发现人才，寻找合作机遇。

2023 年 4 月 16 日，在京绍籍学子联谊会宣告成立。成立仪式上，绍兴市驻京联络处作为主办方，特意安排了"在京绍籍青年学子成长成才主题沙龙"。出席沙龙的，有科学家、艺术家、企业家，也有莘莘学子。

这个有关人才的沙龙，被誉为北京版"兰亭雅集"。北京语言大学副教授梁文斌是绍兴人，擅长书法，他特意提到：公元 353 年 4 月，时任会稽内史的书圣王羲之在绍兴兰渚山下以文会友，饮酒赋诗，写出"天下第一行书"《兰亭序》，史称"兰亭雅集"。

"书圣王羲之'兰亭雅集'，与在京绍籍学子联谊会暨青年学子成长成才主题沙龙，两者相隔整整 1670 年！这不仅仅是跨越时空的一种巧合，其背后体现的是绍兴人从古至今对人才的重视与厚爱。"梁文斌说。

2023 年 8 月 5 日，在绍兴市驻京联络处的牵针引线下，古城绍兴迎来了"亚洲校园联盟"绍兴行的四国高校学子。来自北京大学元培学院、日本立教大学、韩国首尔大学通识教育学院和新加坡国立大学的 40 余位师生，在绍兴参观鲁迅故里、鲁迅纪念馆、鲁镇，以及蔡元培故居、兰亭景区、黄酒博物馆、西施故里、嵊州越剧小镇、浙东唐诗之路等，体验绍兴风味，领略绍兴文化。

这是"在京学子绍兴行"的升级版。"吸引人才，我们首先要让他们了解绍兴，从心底里认可绍兴，"冯国强表示，"厚植在绍兴这块土地上的文化，就是很好的桥梁与纽带。"

名城绍兴，奔"越"而来。在北京，绍兴还走进北京大学、清华大学等国内顶尖高校，与高校在人才培育、资源协同、文化传播等方面持续深度合作。2019 年 11 月 5 日，"北京·绍兴周"活动走进北京大学；2023 年 4 月 20 日，"清华大学·绍兴日"活动在清华大学举行。

冯国强认为，这是绍兴与北大、清华等高校的青春之约、发展之约。

人才引进来，也要用得好。绍兴正围绕着人才储备、人才使用配套服务等出台一系列政策，为高端人才打造生态雨林。

绍兴人沈可惟，2021 年夏天从北京大学硕士毕业后，毅然回到绍兴，投身家乡建设。此前，她曾考察过北京、上海的就业市场，一番仔细分析后，绍兴给出的发展前景深深地吸引了她。2023 年 7 月初，沈可惟从柯桥区福全街道办事处选派到绍兴市亚运专班，负责杭州亚运会绍兴运动员接待饭店综合事务协调相关工作。"古城绍兴日新月异。未来这里的'东亚文化之都'建设，可以让我更好地为家乡发展服务。"她说。

同样从北京大学硕士毕业的何艾琛，则是参加了 2020 年初的"在京学子绍兴行"活动后，决定去绍兴工作的。她是湖北黄冈人，学的是计算机技术专业。她说："绍兴吸引我的，除了这块土地上古老、深厚的历史文化底蕴，还有对人才的重视。"

何艾琛是选调生，3 年前开始到绍兴市财政局数字财政管理中心工作。她在这个中心工作了一年后，被选派到福全街道基层锻炼两年，一年当驻村干部，一年在街道工作。"绍兴的这种选人用人方式，我非常喜欢。"她说，"两年基层工作经验，开阔了我的视野，给了我全新的人生体验，可以让我更好地了解绍兴，也更加喜欢绍兴，还可以让我今后的工作方式更接地气。"

嘉兴这家实验室，已引进 6 名院士

"走出去"抢人才，是为了更好地"请进来"，让更多院士、专家、乡贤以及高校毕业生到浙江创新创业。这其中，驻京机构的力量功不

可没。

北京市海淀区翠微中里一幢建于 20 世纪 80 年代的老式高层建筑，是嘉兴市驻京联络处的办公地点。虽然办公条件简陋，嘉兴这些年从北京招引高端人才的成绩却是可圈可点。

浙江清华长三角研究院、浙江中科院应用技术研究院、南湖实验室、南湖研究院、"南湖之窗"……嘉兴市驻京联络处主任王刚对这些业绩如数家珍。

王刚向我们首推了浙江清华长三角研究院（后文简称长三院），这是嘉兴最早引进的研究机构。"2023 年，刚好是研究院建院 20 周年。"他说。

这家由浙江省人民政府与清华大学联合组建的研究机构，位于南湖畔的嘉兴科技城。2019 年，长三院作为唯一创新载体写入《长江三角洲区域一体化发展规划纲要》国家战略规划，2020 年作为浙江省唯一新型研发机构，获评国家"十大产学研融通组织"。

支撑这两个宝贵荣誉的，是一连串让人赞叹的成绩。

20 年来，长三院探索走出了一条省校合作的有效模式，在生命健康、生态环境、柔性电子等关键领域设立了国家重点实验室、省重点实验室等重点研发平台 8 个，研究所（中心）80 余家，承担科技项目 1500 余项。

长三院孵化培育科技企业 2700 余家，上市企业或并购 90 余家，规模超百亿企业 20 余家，推动卤化丁基橡胶、智能网联新能源汽车、高频滤波器等重大科技成果转化项目落地。长三院还在美、英、德等国家设立了 10 家离岸孵化器，建立"全球联动、离岸孵化"的精准引智网络，为浙江引进培养海外高层次人才 800 余人。

南湖实验室，是王刚重点提及的另一家高能级科研平台。2020 年

浙江清华长三角研究院

5 月，南湖实验室落户嘉兴南湖区湘家荡，是浙江省首批新型研发机构，正积极部署纳入全国重点实验室布局体系。

令人瞩目的是，这家由北京大数据先进技术研究院提供科研支撑的科研平台，聚焦生命健康和信息技术领域的前沿性、颠覆性、引领性研究，已引进 6 名院士领衔六大研究中心。

据南湖实验室相关负责人介绍，这家新型研究机构成立时间虽短，但成效显著，已发表两项具有国际影响力的重大科研发现，落地 3 个超亿元的科技产业项目，承担 4 项国家级重大科研任务。

与此同时，南湖实验室高端人才不断集聚，已汇聚各类人才 241 名，博士以上学历占比 56%。

王刚还提到了位于海盐县的核技术应用（同位素）产业园。2023 年 2 月，在海盐核医学中心建设规划研讨会上，来自北京等地的 12 名顶级核医学专家为其出谋划策。此外，以秦山核电为牵头单位打造的核技术创新中心，于 2023 年 9 月开工，主要用于集聚同位素科研、产业孵化、教育培训、国际交流等机构，打造全国领先的核技术应用创新发展高地。

家乡搭台乡贤反哺，金华这套组合拳有成效

把北京等地高端人才"请进来"，人才辈出的金华市动作频频。"家乡搭台，乡贤反哺，是金华的模式之一。"金华市人民政府驻北京联络处主任桑国平告诉我们。

金华人杰地灵，素有"小邹鲁"之称。据不完全统计，全市有海内外金华籍高层次人才 3 万多名，不少人才活跃在时下最热门的新兴产业领域。以尊师重教的东阳为例，近年来，东阳已培养出 13 位院士，100

多名高校校长、科研院所负责人，1300 余名博士，1 万多名教授以及教授级高工等。

2023 年 4 月 23 日，在第三届金华发展大会召开前，金华市双龙科创人才周发布会举行，首届双龙科创人才周系列活动启动，当地迎来首个"金华人才日"，不断凝聚高质量发展的"智"与"力"。

桑国平介绍，金华市已连续十一年实施"双龙计划"，打好以会引才、以赛引才、以才引才组合拳，连续 4 年实现集聚百名高层次人才、5000 名硕博士、10 万名大学生、10 万名技术技能人才"百千双十万"引才目标，城市人才吸引力不断提高。

北京大学建筑与景观设计学院院长、美国艺术与科学院院士俞孔坚，返乡参加了这届发展大会。由他领衔设计的望山隐庐项目已落地金华婺城区。在家乡，他尝试将乡村在地资源与现代艺术融合，用可持续的发展方式，打造美丽乡村，实现美丽中国梦。比如，他对村中的废弃养猪场进行改造，打造成酒吧、青年旅社、酒店、艺术家工作室等，用于旅客体验居住及村民休闲；同时引入猪栏文创，以文旅产业带动乡村振兴。

"金华是我热爱的故乡。我希望通过新时代带给乡村的巨大机遇，让故乡实现'望得见山、看得见水、记得住乡愁'。"俞孔坚表示。

北京大学建筑与景观设计学院院长、美国艺术与科学院院士俞孔坚

建平台引项目，看浙江驻京干部如何让藤蔓更茁壮

有人说浙江人很认真，做起事情来一板一眼，守信用、讲诚信；有人说浙江人很拼，忙起来不分白天黑夜，没了周末，没了假期。

"干在实处，走在前列，勇立潮头"的浙江精神，不仅体现在在京浙商身上，也在浙江驻京干部身上打下了深深的烙印。

近年来，浙江各地驻京干部秉承"一张蓝图绘到底，一任接着一任干"的优良传统，在北京书写的浙江故事越来越精彩。

在京招商引资，是浙江驻京机构的职能之一，抗击疫情期间也没有中断过。近些年，浙江各地派出了庞大的招商队伍进驻北京。招商干部们发挥"新四千精神"，搭平台、建圈子，访科研院所、跑央企国企，引进了不少来自北京的好项目、大项目。

采访组探访了浙江 11 个地市驻京机构，看浙江招商干部如何奋战，在北京讲好高质量发展的浙江故事。

书记市长亲自站台，助力地方招引项目

北京市东二环雅宝路 1 号的一幢办公楼里，嘉兴市南湖区在北京的科创飞地"南湖之窗"设于此。

2023 年 8 月 31 日上午，在嘉兴市驻京联络处主任王刚的指引下，我们对此进行了探访。

"南湖之窗"成立于 2023 年上半年。"别看这里空间不大，才 800 平方米左右，发挥的作用却不小。"南湖区驻京招商干部朱芳缨介绍说。

科创飞地"南湖之窗"办公场所

"南湖之窗"作为科创飞地，由第三方机构新道智库负责运营，双方在空间、团队、资源上实现共享。"这里是南湖区对接跨国公司的'国际之窗'，对接北京科研院所的'科技之窗'，也是为南湖区产业基金提供更多可投资标的的'资本之窗'，"新道智库CEO华平表示，"另外，这里还承担了'人才之窗''文化之窗'等功能。"

通过试运营，"南湖之窗"已积累有意在长三角选址的航空航天、生物医药、集成电路、人工智能等领域的项目15个，通过远程视频路演的形式与南湖区有关产业平台进行对接，初步形成了"北京孵化、南湖转化"的效应。

"南湖之窗"这一新生事物，是浙江在京招商引资上的创新举措，也是浙江驻京干部践行"勇敢立潮头，永远立潮头"的追求。

随着浙江在京双招双引工作力度加大，一个个驻京机构负责人，就像一只只领头雁，尽力兑现着"浙江所需，北办所能"的诺言。驻京干部换了一茬又一茬，但他们招商引资的本领一个赛一个。正如杭州市驻京办事处主任江奔腾所言："我们每一个驻京干部，都是站在前任的肩膀上继续前行。"

统计数据表明，2021年至2023年7月，浙江各地在京签约项目881个，协议投资额6461.07亿元；其中2023年1月至7月签约项目146个，协议投资额1339.07亿元。

围绕地方重点产业布局，为了招引到好项目大项目，争取到好投资大投资，不仅驻京招商干部在努力，就连地方政府也是八仙过海、各显神通。2023年以来，有的地方甚至书记、市长亲自站台，来京推介，招引项目。

2023年4月23日，京婺共创·生命健康高质量发展暨央国企合作洽谈会在京举行，金华市人民政府副市长李斌峰到京"督阵"。

洽谈活动围绕金华市四大现代新兴产业之一的生命健康领域，就其创新发展趋势、产业政策导向、投资战略机遇等方面展开深入交流对接，共签约 9 个项目，总投资 159 亿元。

洽谈会现场，李斌峰表示，金华市将持续建立特色突出、创新驱动、智慧健康的生命健康产业生态体系，形成以高品质药品研发创新为基础，高端医疗器械、智慧健康养老和"互联网＋医疗"为特色的生命健康产业大格局。活动吸引了包括院士在内的 33 所科研院所的专家出席，也有 42 家央国企代表参会。

2023 年 5 月 25 日下午，2023 衢州（北京）招商推介会在北京举行。衢州市委书记高屹赶赴北京，亲自站台。当天，15 个重大项目签约，协议总投资 491 亿元。

"北京作为国家科技创新中心，是科教资源最丰富、高端人才最密集、科技创新能力最强的城市，一直是我们招商引资、招才引智的重要目的地。"高屹说，"衢州着力打造的 6 大产业链，与北京正在大力发展的集成电路、智能网联汽车、智能制造与装备、绿色能源与节能环保等 4 个特色优势产业，有着很高的契合度。"

会上，高屹还诚挚地发出邀请："希望更多北京企业、科研机构和人才团队走进衢州、常驻衢州，共享发展新机遇，共创美好新未来。"

金华、衢州这么高调地来北京招商，是因为已经在这方面尝到甜头。对金华来说，仅 2022 年，他们围绕产业链创新链整合招商，在北京新增签约 3 亿元以上产业项目 49 个，其中 10 亿元以上制造业项目 21 个，总投资额 708 亿元和 2 亿美元。对衢州来说，2021 年至 2023 年 5 月，京津冀地区共有 19 个招商项目在衢州落地，总投资 372.8 亿元。这些，都有力提升了金华、衢州两地的产业发展水平和城市发展能级。

建好平台，形成供需双方对接市场

2023 年 8 月 18 日下午，位于北京市东城区建国门内大街 26 号的北京新闻大厦 9 楼热闹不已，"杭州市双招双引汇客厅"当天迎来首批入驻嘉宾。

杭州各区（县、市）的驻京招商干部齐刷刷到场，大家纷纷点赞这一招商引资的新场所。这块场地共 400 平方米，设立了工作间、洽谈室和路演室等，能够满足杭州驻京招商之需。

这个场所，是杭州市驻京办事处联合杭州银行北京分行共同开辟的联络洽谈基地，供所属区（县、市）在京招商人员使用。"这相当于是杭州在京'双招双引'工作的一个'加油站'，既是洽谈路演室，也是体现杭州风貌的宣传展示窗、会商联络点。"杭州市驻京办事处主任江奔腾表示。

杭州银行北京分行相关负责人表示："作为杭州市属企业，我们愿意为在京项目招引提供企业服务和融资支持等便利，和杭州市驻京办事处一起，助力家乡高质量发展。"

2008 年 8 月，杭州银行北京分行正式在首都挂牌成立。15 年走过，他们伴随着首都的社会经济发展，从起步到壮大，从平凡到优秀，成为服务首都经济发展的一支重要金融力量。截至 2023 年 11 月末，杭州银行北京分行在首都设立了 18 个营业网点，员工近千人；本外币资产总额超千亿元，营收与净利润增幅在首都异地城商行中位于前列。

15 年风雨兼程，带着浙江勇立潮头精神与血脉的杭州银行北京分行与时俱进，围绕服务实体不懈怠，坚持改革创新不动摇，走出了一条适合异地城商行发展的战略转型之路：加强业务创新满足客户多样化金融需求；深耕科技文创金融和普惠金融；不断提升服务实体经济质效，

"杭州市双招双引汇客厅"办公场所

以高质量金融服务为企业保驾护航；以金融科技增强发展后劲……多年以来，他们不断优化科创产品服务，探索以内容价值为核心，优化知识产权、企业无形资产和制作权质押融资模式，以解决科创企业融资难的问题。

对于杭州市在京"双招双引"工作，杭州银行总行高度重视，统筹全行资源，积极支持北京分行主动配合，做好科创企业等的招引、服务等工作。"这也是我们在切实履行地方国企责任。"相关负责人说。

对于这个基地的建成，江奔腾告诉我们，主要是加大服务"双招双引"力度，解决此前驻京招商中存在的一些困难和制约，比如孤军奋战力量小、项目信息来源少、洽谈联络场地缺等。

余杭区驻京创新促进中心主任钟建涛高兴地说："'汇客厅'相当于形成了一个供需双方对接的市场。今后如果项目方有资源，不用再点对点去找各个区县了，直接投放到这里就可以了。反过来，我们各个区县也一样，想找项目的时候，也可以直接到这里来承接。"

淳安县驻北京招商联络组负责人何建平则表示："原先我们没有洽谈场所，看中项目，只能到处找场地去进行洽谈。现在我们有底气了，洽谈室有了，还可以进行路演，可以邀请项目方过来。"

打造线下平台的同时，杭州市驻京办还不断深化线上平台和横向资源的利用。"我们依托全国各省市区驻京办事处信息协会，联手协会经协部，共同打造了一个网上招商平台'驻京通'——主要是想吸引全国政府驻京单位汇聚到'驻京通'项目大厅，以项目互换的机制，开拓项目来源新渠道。"江奔腾告诉我们。

体系招商，背后是一盘棋思维的逻辑

在复杂严峻形势的冲击下，驻京招商并不容易。面对困难，浙江驻京干部硬是本着"求新求变求突破"的理念和"主动担当、主动变革、主动作为"的干劲，高效统筹，知难而进、迎难而上、向难求成。

2023 年 8 月，我们在浙江 11 个地市的驻京机构摸了一圈，得到几组数据：

2023 年 1 月至 8 月，金华驻京招商引才总部新增签约项目 28 个，总投资额 405.2 亿元。其中投资 10 亿元以上制造业项目 9 个，50 亿元以上制造业项目 2 个，百亿元制造业项目 1 个。

2023 年 1 月至 8 月，湖州市驻京机构累计签约固投 3 亿元以上项目 25 个。其中，固投 3 亿—10 亿元签约项目 20 个，固投 10 亿—20 亿元签约项目 3 个，固投 20 亿—50 亿元签约项目 1 个，固投 50 亿元以上签约项目 1 个。

2023 年 1 月至 8 月，绍兴市累计招引投资 100 亿以上项目 4 个，项目资金总额达 567 亿元。

这些亮丽数据的背后，是浙江驻京干部在招商实践中，总结出的一套组合拳式的打法：体系招商。

何谓体系招商？用各地驻京机构负责人的话来说，就是相互之间不再设防的贯通式打法，可以大大提升招商效率。

以绍兴市驻京机构为例。2022 年绍兴市在京引进总投资 211 亿元；2023 年仅上半年，总投资这一数据便跃升至 567 亿元。绍兴市驻京联络处主任冯国强分析说："这种爆发式的增长，就是一盘棋式的体系招商打法起作用了。"

绍兴市驻京联络处党组成员、副主任宋琪对此深有感触："以前各区

金华市金东区驻京招商干部在工作中

（县、市）都是单打独斗，相互设防，没有形成招商合力。现在我们以小组为单位，具体项目对接时按区（县、市）产业匹配度出行。县市之间错位对接，不搞区域内同质竞争；对本地承接不了的项目，不再无效地藏着掖着，而是开开心心地推送给兄弟县市。"

体系招商，还体现在招商过程中的全生命周期服务，和前后方天衣无缝般的协同、配合。

2023年夏天，我们联系宋琪时，他正在上虞和当地干部及北京八亿时空液晶科技股份有限公司董事长赵雷一起踏看项目进展。赵雷是绍兴越城人，他创办的八亿时空于2020年在科创板挂牌上市。经过仔细调研，这位心系家乡的乡贤从 2022 年起先后在杭州湾上虞经济技术开发区投资了两个项目，分别生产液晶显示材料和新能源材料，总投资额 119 亿元。

"这两个项目计划在 2024 年 5 月投产。"赵雷告诉我们，"我们回乡投资，既是反哺，也是看中了家乡一流的营商环境。从调研、立项、签约到落地建设，一路离不开绍兴驻京干部和上虞当地干部的支持与帮助。"

招商路上，一张张成绩单是这样写就的

从江南秀美之地来到北京，浙江驻京招商干部要克服的，不仅仅是南北方气候的变化及饮食习惯的不同。在京朋友圈如何建立？信息来源如何开拓？人脉资源该如何维护？这些都是每一个北上的浙江驻京干部的犯难之处。

浙江驻京招商干部来自不同行业，有的对于驻外招商是"大姑娘上轿——头一回"。从刚开始的"眉毛胡子一把抓"，到聚焦主导产业精准招商，他们一路走来并不容易。蜕变的背后，凝聚着无数酸甜苦辣。

"我们驻京招商干部，拜访客户、看项目，每天走路两万步，两年来鞋子都穿破了好几双。"金华市磐安县驻京招商引才分部部长陈雪林说。

陈雪林来北京之前，在磐安县有过 20 年的地方招商经验。但他坦言，在北京招商还是不一样："北京看着资源多，央企国企的门难进！"

与他同时到京的另外 5 个磐安县招商干部，都是新手上路，他对我们说："一开始，招商的道道与套路，我们是真的不懂。从最初的分条块分小组、扫街扫楼似的'满天飞'，到现在看一眼就基本能判断出项目

是否与磐安匹配。我们所做的，就是不断历练，各自运用不同的方法挖掘不同的人脉，找乡贤、找朋友、找同学，多走多学多看。"

已经回到义乌经济技术开发区工作的骆晓斌深有同感，他曾担任义乌市驻京招商引才分部部长。骆晓斌以往没有招商经验，当初带着 5 名干部到北京时，心里着实忐忑不安。"我们从来没做过招商工作，对北京人生地不熟，刚来时说不紧张是假的！"

他介绍说："我们就是发挥浙江人的'四千精神'，在实践中边干边学，多多参加'中'字头的行业协会，多多跟着专家交流学习，慢慢地就成长起来了。"他们 2022 年招引的晶澳光伏辅材项目，对义乌建设光伏产业集群形成有益补充。

助力他们从招商"菜鸟"成长为行家里手的，还有一个关键词：学习。

金华市金东区驻京招商引才分部部长金红锵来北京前，在医院工作了 20 年，又担任了 8 年乡镇干部。对于驻京招商这个全新领域，他说："我们从当初的激情有余、能力不足，到现在能精准招商，全靠不断学习。唯有学习，才能带来思维和行为上的明显变化。"

金红锵的经验，是每次带队伍出去看项目前，都得做好充分研究和学习。"研究对方，也研究自己，研究这个项目和金东区的适配程度。我们首先得讲好金东故事、金华故事，甚至浙江故事，让对方知晓金东区、金华市的招引方向和招引重点是什么。这是一个学习的过程。"

永康市驻京招商引才分部部长林华雄，则选择了加入一个北京"暴走团"。"这是一个专家团，固定七八个人。每次和这些专家学者一起暴走，他们谈论的内容让我获益匪浅。"

林华雄自嘲，当初是"两眼一抹黑"就到了北京。在此之前，他一直在乡镇工作，"分管过土地、应急管理、老旧小区改造、重点工程、计生、农业、工业……就是没有任何招商经验"。

2021 年 9 月下旬，林华雄到达北京半个月后，经大学同学介绍，加入了这个暴走团。他说："当年我报的第一个项目钠锂子电池，就是在和团员们暴走时受到的启发。我发现这个方向与永康市后来确定的重点招引产业'储能'，竟然不谋而合。"

让台州市仙居县政协副主席、驻京招商组组长王利民印象深刻的，是当地从北京引进的温都水城——云鹤湾项目，先后历经 45 轮谈判。

康养文旅、医疗器械和新能源产业，是仙居县的主导产业。总投资 20 亿元的温都水城——云鹤湾项目属于康养文旅产业，2022 年底已落地仙居并开工建设，计划 2024 年 5 月开业。

拥有国内首个垂直型水上乐园、全球首座百米标志性高塔、充满科技感和未来风的"太空城堡"，温都水城将是一个新奇的"未来水世界"，可以为不同年龄层次的游客带来既刺激又凉爽的水上游乐体验。

温都水城项目的开发商为北京一家投资管理公司。该公司在北京、江苏等地已投资、运营多个室内外水娱乐项目。为招引该项目，仙居驻北京招商组从 2021 年 8 月开始与项目开发商进行了多轮谈判磋商。同时，组织人员赴北京、千岛湖等地，实地考察已经运营的同类项目，还赴台州湾循环经济产业集聚区考察并学习相关政策。

"2022 年初正式开始谈判后，并没有想象中那样顺风顺水。"王利民说，因为合作模式、利益分配等方面的分歧，项目投资方和落地单位间曾多次剑拔弩张，几度令项目合作"山重水复疑无路"。

"我们驻北京招商组作为项目牵线人，只能从中极力协调，一次次让双方心平气和地重新坐回谈判桌。"王利民表示。最终历时 6 个多月，共谈判 45 轮，协议修改 32 稿后，温都水城项目终于成功在仙居落了地。

探访全国首家地市级在京商会，看温州人如何实践商会之"能"

北京通惠河，属于京杭大运河之北运河水系。历史上，它是元代挖建的漕运河道，由郭守敬主持修建。通惠河朝阳段是京杭大运河的入京门户。

北京东四环外，通惠河畔，我们探访的北京温州企业商会（后文简称北京温州商会）就在这里。

温州人在商场上素来敢于开拓，百万温商闯荡世界的同时，也建立了一个个温州商会"抱团取暖"。2007 年，作为全国首家地市级在京商会，北京温州企业商会成立。从此，从事民营经济的几十万温州人在北京有了自己的"娘家"。

"温州人重乡情。京杭大运河起点在北京，终点是杭州，商会选择在通惠河南岸办公，是因为我们时刻想着：离家再远，我们的根始终在浙江、在温州。"商会常务副会长兼秘书长陈正道说。

在北京温州商会办公室墙上，有一张夺人眼球的照片。2019 年 11 月 29 日，在商会第四届会长胡兴荣的带领下，商会副会长以上共 50 多人统一进行了宣誓："我宣誓，坚决拥护中国共产党的领导，热爱祖国，遵守法律。尊崇商道，义利并举，心系家乡，立足北京，放眼全球，打造百年商会，努力奋斗！"

他们是这么说的，也是这么做的。在中非地方政府合作论坛开始之初，商会做了大量工作，助推更多温商、浙商乃至中国民营企业家走向广袤的非洲大地；商会还在北京开通服务温商的"全球通"，大大方便了在京温州人"云"办事；着力做好"以党建促会建、抓党建强发展"

2019 年 11 月 29 日，北京温州企业商会宣誓现场

文章，奋力为首都建设添砖加瓦的同时，助力家乡浙江高质量发展。

我们走进朝阳区高碑店惠河南街 1066 号，探访北京温州商会。

这件沟通海内外的大事，他们做成了

在全球一体化背景下，北京温州商会积极构建对外开放格局，联动海内外几百家温州商会、温商侨团，搭建海内外沟通桥梁，助推"一带一路"发展。

"我们商会地处北京，肩上的责任自然不一样。商会成立以来，我们一直助力民间外交，架起不同国家、不同民族之间文化交流的桥梁，尤其连续承办了第一届、第二届中非地方政府合作论坛。"陈正道非常骄傲地说。

2012 年 8 月 27 日，首届中非地方政府合作论坛在北京国家会议中心开幕。来自非洲 40 个国家的政府代表、28 个国家的首都市长，以及中国 29 个省（区、市）的政府代表，相关国际组织和机构的代表，共约 1700 人参加开幕式。

作为中非合作论坛框架下，旨在促进中非地方政府交流合作的平台，首届中非地方政府合作论坛由中国人民对外友好协会、非洲城市与地方政府联合组织共同主办，中国非洲人民友好协会和北京温州企业商会承办。

2015 年 11 月 10 日，同样由北京温州企业商会承办的第二届中非地方政府合作论坛在北京开幕，论坛主题为"加强地方能力建设，推动中非产业对接，实现省市包容发展"。

中非地方政府合作论坛已举办过 4 届，已成为在中非合作论坛框架下的机制化论坛，成为中国民营企业家走出去发展的重要渠道。

不少温商受其影响，加大了在非洲的投资。2017 年 1 月，在温州市委、市政府的大力支持下，温州市中非商会成立，搭建起中非长效沟通的桥梁。当年 3 月份，马达加斯加总统埃里率团正式访问我国，在我国相关部门的高度支持下，温州市中非商会作为中方主办方与马达加斯加总统府联合在北京举办了中国·马达加斯加工商领袖峰会，这也在民间外交史上留下一段佳话。

温州市驻京联络处原主任陈海鹏介绍，论坛推动了中非合作逐步向纵深全面发展。以温商为代表的瑞安市汽摩配产业、苍南县仪器仪表产业，均已进军非洲市场并得到长足发展。

温州便民服务"全球通"落地北京

作为北京和温州的纽带，北京温州商会不仅联通全球温商，将资源引入温州，同时也跟随时代脚步，推进数字化转型升级，为家乡、为在京温州乡贤提供服务。

在京浙江人过去都有这样一个感受：虽说交通极其便利，可遇到要在浙江老家办理不动产权证等事项，还得挤出时间从北京赶回浙江，不方便。

商会想大家所想、急大家所急，以数字化、信息化手段，设立了服务温商"全球通"北京温州商会服务点，2020 年 5 月 27 日下午，服务点正式开通。这是浙江 11 个地市中首个在北京开通的"最多跑一次"审批服务平台。

"秉承了温州人骨子里的务实风格，北京温州商会也很务实。如果说承办中非地方政府合作论坛是'接天线'的事儿，那么在北京开通服务温商'全球通'就很'接地气'。并且，加快推进数字化转型，也是

"全球通"北京温州商会服务点开通仪式现场

件很先进的事！"陈海鹏如此评价。

据了解，服务温商"全球通"平台是个一体化远程服务协作系统，主要集成了网络视频、身份认证、电子签名、远程取证、大数据共享等技术功能，为在外温商提供政务服务。

"这样的服务，我必须要点一个大大的赞！"体验过"全球通"服务的 80 后小林告诉我们。小林是瑞安人，2015 年来到北京生活。2021年底，受新冠疫情影响，她没法回老家去办理房产过户的公证。"事情又很急，我就想到了曾经在微信公众号里看到的'全球通'服务。"小林说。

跟瑞安老家公证处对接过后，小林按照预约时间来到"全球通"北京温州商会服务点。"确认身份后，经过核对办件资料、填写相关表格、线上电子签名等程序，前后大约 20 分钟就办妥了，"小林说，"真的太方便啦！有些表格，商会还提供寄件服务，贴心地帮我寄回老家，我很感动。"

非公党建"温州样本"，推进温商创新发展

"多年来，我们一直坚持党建引领，以党建促会建，积极探索社会组织党建新空间与新领域，奋力做好商会和在京温商创新发展文章。"中共温州市在京温州商会工作委员会（后文简称在京温商党工委）书记陈南昌表示。

如何做强党建破解发展瓶颈？党建工作如何主动有效融入商会日常，引领商会高质量发展？在陈南昌的介绍下，我们真切领略了在京温州商会党工委成为社会组织党建"温州样本"的成长之路。

据了解，温州市历来重视非公企业和社会组织党建工作。2012 年 9 月，全国首个以商会组织为工作对象的党工委——中共温州市温州商会工作委员会，正式挂牌成立。目前，温州市已在全国 31 个省（区、市）成立在外温商党工委，初步形成"1+31+X"的组织体系。

在京温商党工委成立于 2012 年 11 月，为温州市最早成立的 5 家在外温商党工委之一，有力推进了社会组织党建工作的创新实践。

据不完全统计，截至 2023 年 8 月，在京温州人总人数近 30 万，在京温商企业近 2 万家。在京温商党工委共有下属党委、党总支、党支部 54 个，在京温商在册流动党员 1600 多名。

多年来，在京温商党工委积极深入温商企业走访调研，摸清家底促发展；并先后协同商会多次组织会员企业回家乡温州和河北、江苏、山西等地进行项目考察。另外，针对非首都功能疏解中涉及的北京市大红门京温市场、北方世贸轻纺城、天雅服装批发市场、鑫海鞋城、田村

在京温商党工委组织党建活动

"天下城"批发市场等数十家企业，在京温商党工委积极协调，为确保疏解工作顺利进行作出了贡献。

2016年，在京温商党工委作为"北京市社会领域先进基层党组织"，被北京市委社会工委表彰。近几年，在京温商党工委连续被温州市温商党工委评为"年度异地温州商会先进党组织"。

"党建强，发展强，抓好党建就是抓好生产力。"中央党校（国家行政学院）经济学教研部教授李鹏表示，温州商会党建起步早、基础好，"在京温商党工委今后可以在数字化上加强创新，强化数字赋能，在数字经济大浪潮中为首都建设作更多贡献，为家乡浙江'两个先行'增光添彩"。

㉚
探访浙江各级驻京商会，看在京浙商如何探索"时代之问"

历史上北京城会馆众多，特别是在宣南地区。据考证，会馆起始于明代早期，到嘉靖、万历年间逐渐兴盛，清代中期发展到鼎盛。

据《北京市宣武区志》统计："至清末民初，宣南地区 170 条街巷中建有会馆 511 处，其中明代 33 处，清代至民国初年 478 处。"1956 年，随着广东会馆最后一个关闭，宣南近 600 年的会馆文化落下帷幕。

而今，商会成为这个时代的新生事物。各级商会，是商品经济的必然产物。浙江民营经济发达，在京注册的浙江省地市区县商会已有 20 家。

多年来，这些在京注册的浙江各级商会，就像一个个温暖的家，引领着在京浙商与中国的改革开放同频共振，拥抱新时代、踏上新征程、彰显新作为。

开创新未来，推动浙商共同发展

2023 年 9 月 12 日，全国工商联发布 2023 中国民营企业 500 强系列榜单。其中，浙江省上榜企业数量和上规模民营企业数量均居全国第一。

让北京浙江企业商会会长喻渭蛟感到高兴的是，商会会员企业中有 15 家上了这个榜单，包括阿里巴巴（中国）有限公司、圆通速递股份有限公司、北京大北农科技集团股份有限公司、新华三信息技术有限公司、农夫山泉股份有限公司等著名企业。

北京浙江企业商会成立于 2001 年 3 月，致力于推动在京浙商的共

同发展。据不完全统计，在北京注册登记的浙江籍老板名下企业超过 6
万家。"在外的浙江人，都是相亲相爱的一家人。所以从严格意义上说，
不管这些企业是否加入各级商会，只要在京创办的浙商企业或者浙江企
业来北京发展，都是我们大家庭的一员。"喻渭蛟表示。

2019 年 12 月，圆通速递创始人喻渭蛟从银泰集团创始人沈国军手
中接棒，成为新一届北京浙江企业商会会长。这些年，他团结带领在京
浙商坚定意志、谋求发展，克服了许多艰难险阻。

2023 年 5 月 20 日，北京浙江企业商会第六届二次会员代表大会在
京召开，近 400 名在京浙商参会。

"在新征程中，浙商如何紧跟新时代、开创新未来？"会上，喻渭蛟
既提出了这样的"时代之问"，也给出了在京浙商努力前行的方向："需
要传承和创新新时代的浙商精神——不忘初心。路虽远，行则将至；勇
立潮头，事虽难，做则必成。"

他觉得，在新时代新征程中，在京浙商必须更加旗帜鲜明，听党话、
跟党走，不忘初心、砥砺前行，主动为国担当，为更多人造福。他说：
"在未来发展的道路上，我们还要更加锐意进取，更加务实笃行，不断
攻坚克难、勇于创新、敢为人先、勇立潮头。"

融入新赛道，打造新产业

在京浙江商会一直秉承"勇敢立潮头、永远立潮头"的浙商精神，
立足北京，围绕京津冀协同发展，主动融入"一带一路"新愿景，以全
球眼光搭建平台，引领会员企业继续前行。

2017 年北京大红门一带市场彻底关停后，大部分浙商跟随大部队，
去了河北省永清县——在那里，浙商们凤凰涅槃、二次创业，平地起高楼，

北京浙江企业商会第六届二次会员代表大会现场

建起了浙商新城和云裳小镇。

在永清，尽管遭遇"疏解容易落地难"等种种不如意，但浙商们在北京台州企业商会和永清县浙江商会的带领下，锚定"打造具有可持续性的时尚产业"这个赛道，勇毅前行，逐渐从"低小散"向时尚产业基地转型升级。

2023 年 9 月 7 日，以"悦跃生辉"为主题的 2024 春夏中国国际时装周在北京启幕。作为时装周重磅时尚活动和亮点展陈之一，"云裳小镇·2023 中国时装技术奖获奖作品展"在 751D·PARK 时间站精彩亮相。

本届时装技术奖比赛从当年 3 月份开启，经历海选、初赛、复赛多轮筛选，最终进入决赛的选手有 22 名。当年 8 月 18 日至 22 日，时装周组委会组织决赛选手在云裳小镇进行了决赛和终评，经过激烈的角逐和评比，评选出了代表国内服装工业技术最高水平的"中国时装技术'金剪奖'"和"中国十佳时装技术奖"，获奖者在 9 月 16 日的中国国际时装周闭幕式暨中国时尚大奖 2023 年度颁奖典礼上隆重公布，由云裳小镇董事长卢坚胜和纺织服装行业最具权威的领导、专家进行了颁奖。

据了解，持续了 30 多年的中国国际时装周在国际舞台的影响力越来越大。"时尚产业在国际上的竞争力，归根到底是时尚人才素质的竞争。我们为什么连续多年冠名赞助和组织参与这个活动？说到底是要引领在小镇经营的商户们，推动时装技术往前走，接轨国际、引领潮流，使永清真正成为时尚创意集聚区，成为时尚界'品牌的基地，名牌的摇篮'。"卢坚胜表示。

而今，云裳小镇已吸引百余家独立设计师与高级定制工作室进驻。这些工作室，均由获得过中国时装设计"金顶奖"、中国时装技术"金剪奖"、"中国十佳时装设计师"等奖项的优秀设计师领衔。

当初，北京台州企业商会会长谢仁德是和卢坚胜一起，共同奔走，为大红门浙商寻求出路的领头雁。"新时代,商会工作的核心是'传承',即带领会员企业一起在创新中发展、变革中成长,"谢仁德表示,"这要求我们以前瞻性的眼光,引领大家共同做好产业布局、业态集聚和更新,形成产业集群,推动产业发展。"

让浙商们感到欣慰的是,永清县时尚产业已被列为河北省重点产业项目,也是国家轻纺产业带的重要一环。

在谢仁德的构想里,永清时尚产业将集生产加工、商贸交易、设计研发、文化创意、展览展示、信息发布于一体,"后续还将在 AI、VR 甚至区块链技术的加持下,朝着产业化、数字化滚动发展"。

谢仁德还表示,随着时代变迁,任何一个行业都将走出自己独特的发展之路,他说:"新时代、新征程上,商会的作用,就是在文化、科技、资本等方面赋能会员企业。目前,全国统一大市场建设提速正当时。我们该如何创新? 如何保持可持续发展? 寻找这两个问题的答案,将伴随我们始终。"

引领新作为,助力家乡高质量发展

新时代商会功能该如何转变? 北京衢州企业商会执行秘书长吴微微对此深有体会。

据吴微微介绍,"北京衢州商会十多年前成立之初的重要任务,就是找到在京家乡人,依托商会平台,聚拢团结在京衢州人力量"。

慢慢地,"找人"目标实现后,北京衢州企业商会逐渐谋求功能转变。"契合时代发展,科技和人才逐渐转为商会发展的驱动力。"吴微微说,"北京是资源高地,同期家乡衢州经济发展也在转型升级,我们就把北京的资源优势'导'给家乡,助力家乡高质量发展。"

自从浙江省委、省政府号召"浙商回归"之后，在京浙江各级商会合力推动浙商回归工作持续有序展开。据不完全统计，2020 年至 2023 年，在京浙商回乡投资全款已超 300 亿元。

都有哪些在京浙商通过回乡投资反哺家乡，带领家乡人民共同富裕呢？

一份统计资料显示，2020 年至 2023 年，圆通速递共在浙江投资 100 多亿元，建设了嘉兴全球枢纽基地、义乌国际陆港物流园区、圆通国家工程实验室创新研发基地等 10 多个项目。

台邦电机工业集团有限公司则投资 20 亿元，把制造中心搬回了乐清。2019 年，一期厂房面积 8 万平方米的交直流智能电机项目建成投产；2023 年夏天，主打工业机器人、精密减速器和智能物联滚筒电机的二期 13.5 万平方米厂房已经建成。"接下来，二期可以开工投产。"北京温州企业商会乐清分会会长、台邦电机董事长陈春良说。

陈春良是温州乐清人。他不仅是温商回归的代表人物，以新技术新产业不断给家乡注入惊喜，同时还是杭州亚运会温州站火炬手。20 世纪 80 年代，来自工业电器之都的他在北京做起了工业电器生意。他专注于减速电机领域 30 多年，以持续的自主创新打破国外技术垄断，缔造了业界前三的优良品牌。"除了北京的研发中心，接下来我们要把上海、广东、江苏的工厂都搬回乐清。"陈春良表示。

同样给家乡带来新技术新产业的，还有北京温州企业商会瓯海分会会长沈显贵。瓯海分会成立于 2020 年 10 月，沈显贵率领瓯海在京商界会员和学界精英，着力服务家乡高质量发展。

沈显贵是瓯海中学在京校友会会长，他牵头成立了北京瓯海商学联盟，并且联合上海、广东、杭州等地的瓯海商学联盟，以此为桥梁和纽带，为家乡温州输送人才和项目。他引荐的清华大学生命科学基因检测方向博士项光新，已于 2022 年初入职温州医科大学生命科学学院。

2018 年，沈显贵携带一项高科技专利技术，在瓯江口的温州市海洋经济发展示范区创办了欣乐加生物科技温州有限公司。经过军地专家 7 年的艰苦攻关，该公司首创出应对动静脉极端出血的急救止血新材料，不仅填补国内空白，其综合性能也优于国际一线产品。该公司产品可广泛应用于战场、反恐维稳、重大灾害及突发事故等伤员救治，市场前景广阔。

"作为安全应急产业的龙头企业，我们希望能吸引更多行业企业落地温州，形成相关产业集群，更好助推家乡经济转型升级，"沈显贵表示，"这是我们的愿景。"

培养新生代，交好接力棒

在京浙商中，不乏充满朝气的年轻脸庞。新生代浙商正在崛起。"这是在京浙商的新生力量，未来我们将把接力棒交到他们手上。"喻渭蛟表示。

2023 年 5 月召开的北京浙江企业商会第六届二次会员代表大会上，举行了一个特殊的授牌仪式，会长喻渭蛟亲自给商会所属法律、金融、医疗健康等 7 个服务部授予铜牌。过去 3 年，这些基本由新生代组成的服务部发挥专业特色服务功能，让商会服务更人性、更便捷、更高效。

在培养新生代方面，由在京绍兴上虞人组成的北京虞商联谊会是其中的佼佼者。

2021 年 10 月 16 日，北京上虞学子成长发展项目宣告成立。这个由北京虞商联谊会和北京上虞学子联谊会共同发起的项目，自成立以来已惠及绍兴市上虞区在京就读的不少学子。"这是一件意义非凡的事情，它把我们和家乡上虞紧紧地联系在一起，支持我们学习，支持我们创业。这样的举动，让我们产生强烈归属感的同时，也在无声地提醒我们：无论身处何方，都要更好地服务社会、报效家乡。"已从北京大学本科毕业的上虞人孙启越说。

2023 年 3 月 26 日，上虞区"'京虞同心话发展·青春之城见未来'暨在京虞籍乡贤恳谈会"在北京举行。会上，围绕上虞"青春之城"建设，在京虞籍乡贤在为家乡未来发展建言献策的同时，再次提到了实施"青春之城"建设主战略中新生代的培养问题。"虞山舜水人杰地灵，人才辈出。我们关注并支持年轻人创新创业，就是在关注家乡的发展，关注祖国的未来。"北京虞商联谊会会长周益华表示。

近年来，在京浙商的举措引来不少京外浙商前往考察学习。2023年"七一"前夕，在皖温商共 64 人冒着高温酷暑来到北京。在中商政和"三浙"发展平台的牵线搭桥下，这群在皖温商先后走进北京温州企业商会、北京浙江大厦和西城区金融街。"聚合首都资源，不仅要促进浙商发展，还要通过 600 多万浙商的努力助推各地发展，助推家乡高质量发展。"中商政和"三浙"发展平台执行主席项洪斌表示，"而这，也是浙江各级驻京商会引领我们寻找的时代答卷。"

项洪斌是温州乐清人。多年来，他牵头创办的中商政和"三浙"发展平台一直致力于在时代洪流中助推浙江高质量发展。在此之前，中商政和"三浙"发展平台组织了上百场由在京浙江人参加的座谈交流会，共谋发展大计。他们还参与了不少课题研究，特别是与中央党校改革开放论坛合作的"非公经济党建"课题，以及浙江省发改委驻京发展处牵头立项的"新时期浙江省与央企合作重点领域研究"课题，为探索浙江高质量发展作出了许多积极的尝试。

"为了交出一份满意的答卷，我们一直在努力。"项洪斌说。

在皖温商参观北京金融街服务局

㉛
助力家乡高质量发展，看浙江省驻京办如何提升服务力

浙江大厦位于北京市朝阳区北三环安贞西里三区 26 号，是浙江省驻京办所在地。这里交通极其便利，隶属安贞商圈。

安贞区域并不大，但有着悠长的文脉。这里有 700 多年历史的元大都城垣遗址，以及清代就开始形成的北方国际贸易始发点——外馆斜街，也有代表了当前我国木偶技艺最高水平的中国木偶剧院。

浙江大厦离元大都城垣遗址公园（朝阳段）不远，走路也就十来分钟。小月河静静流淌，穿园而过，见证了浙江省驻京办进入新时代以来的崭新面貌。

近年来，浙江省委持续推动"八八战略"走深走实，以"两个先行"发挥示范引领作用打造"重要窗口"，这也为全省驻京机构带来前所未有的机遇。面对新课题，浙江省驻京办如何围绕中心大局推进工作？如何统筹全省各地驻京机构，聚合北京资源助推浙江高质量发展？

采访组一行走进浙江大厦，探访浙江省驻京办。

从前世今生，看驻京办职能变化

"浙江情、浙江音、浙江味""努力成为新时代全面展示中国特色社会主义制度优越性的重要窗口"，浙江大厦内的标语体现着浙江省驻京办的追求，大厦内的布置也有着浓浓的浙江元素、浙江韵味。

作为浙江派驻北京的办事机构，浙江省驻京办正式成立于 1958 年。曾于 1967 年 4 月撤销，此后停止工作近 15 年。1982 年 1 月，根据工

浙江大厦内的标语墙

作需要，获批恢复"浙江省人民政府驻北京办事处"。

"驻京办的性质和任务，决定了它的主要职能就是为地方发展提供服务，"浙江省驻京办党组书记、主任毛瑞福说，"总体来看，随着计划经济向市场经济过渡，驻京办的职能有所调整和拓展，从争取石油、煤炭、等紧俏产品、紧缺物资拓展到经济协作，但政务联络、接待等服务职能始终没有变。包括为地方经济建设搞经济协作、收集信息、招商引资和维护群众合法权益、维护好浙江形象等。"

进入 21 世纪以来，浙江省驻京办着力在提升服务力上做文章。这从两个处室的设立上便可窥见一斑。

2010 年，落实国务院办公厅《关于加强和规范各地政府驻北京办事机构管理的意见》精神，浙江省驻京办积极转变职能，成立"群众工作处"，强化公共服务和社会管理，逐步探索向具有综合服务功能的复合型办事处转型。这意味着，浙江省驻京办的服务功能，已从相对单一的政务服务拓展为"为浙江在京和赴京企业、经商人员、就读学生和赴京群众服务"。"可以这么说，在京 80 多万浙江人只要有需求，我们都得负责牵好线、办好事。"省驻京办副主任、省信访局副局长李初排说，"维护群众合法权益，维护好浙江形象，是我们努力的方向。"

2023 年 9 月，"浙京英才"学子主题活动在浙江大厦举行。北京浙江企业商会组织在京企业家和浙江籍学子代表相聚一堂，对度过有意义的大学生活进行探讨，笑语欢声让家乡的味道更浓。"联系并服务好在京浙江人，是我们的职责。浙江大厦就是大家在北京的'家'，欢迎大家常来常往，多回家看看！"省驻京办党组成员、副主任谢寿华发出诚挚邀请。

在"家"的牵引下，浙江省驻京办支持发起新时代京浙人才协同发展平台，引领北京浙江企业商会等打造"驻京甄选"品牌助力浙企开拓市场，全方位助力家乡高质量发展。

2022 年夏天，立足京津冀一体化背景，根据浙江省政府赋予的全新职能定位，"合作促进处"在浙江省驻京办精彩亮相。这一处室，主要承担对接京津冀协同发展的联络服务工作，服务浙江企业参与京津冀协同发展建设，以及在京津冀地区招商引资、招才引智的联络工作。2023 年以来，合作促进处率领全省各地驻京招商干部，走进中关村科学城、北京印刷学院等地，共同深化产学研互动互融。

"浙江是吃改革饭、走开放路发展起来的。改革开放以来，浙江跑出了高质量发展的加速度，正在建设共同富裕示范区，是中国式现代化的先行者。"毛瑞福表示，"'浙江所需，北办所能'，驻京办作为浙江在北京的窗口，是联系浙江与首都的纽带。始终服务省委、省政府中心大局、服务地方发展、服务乡贤浙商群众，聚焦提升服务力、奋力打造'驻京小窗口'，就是我们新时代驻京工作的主题与主线。"

一个高能级平台，串起"全省一盘棋"

服务力如何提升？如何为浙江的美好未来奉献更多驻京力量？如何聚合浙江各地驻京机构力量，服务家乡高质量发展？

时光向前，浙江向上。浙江省驻京办牵手全省驻京机构步履不停、奔跑不息。

来看两个数据。自招商引才高能级平台建设以来，累计推动各市县签约项目 881 个，协议投资额 6461.07 亿元。

数据的背后，是浙江省驻京办充分发挥"省办搭台、市县唱戏"机制优势，以大平台招引大项目、打造大产业、推动大发展。

把全省驻京干部统筹起来的，就是一个大平台，全称为浙江驻京机构"两站一厅（央企联络服务站、院士联络服务站和之江会客厅）"招商引才高能级平台。

这个横空出世的平台由浙江省驻京办牵头建设。截至 2023 年，"两站"采集的 87 家央企、1700 多家在京央企二级机构和 1600 多位全国两院院士信息，让浙江大厦成为名副其实的"浙江在京之窗"。

目前，"两站一厅"已成为浙江驻京机构在北京的亮丽名片，促成了一批重大项目和高端人才落地浙江，也成为全省驻京招商共建共赢的一个秘诀。

在浙江大厦五楼，"两站一厅"展示空间已在全国驻京机构中颇有名气。

在这里，轻轻一点屏幕，就能"翻开"全省 11 个地市、90 个县（市、区）的基本概况、地方支柱产业和重点产业布局。

在这里，还有一面著名的院士墙——100 多位浙江籍在京院士的信息一目了然。流体传动与控制专家、两院院士、中国科学院原院长路甬祥，病理生理学家、中国科学院院士韩启德，生物安全专家、中国工程院院士陈薇……这些浙江人的骄傲，都能在这面墙上找到。

薛菁是浙江省驻京办机关党委人事处的一员，同时负责"两站一厅"的接待和讲解。薛菁告诉我们："每次讲解，我内心都有一种深深的自豪感！2021 年 6 月这个空间落成后，国管局领导即带领全国 50 家驻京机构负责人前来参观。"2023 年以来，五楼平台已组织活动和接待人员 290 多场次，参与人数达到 3700 多人次。

浙江省驻京办牵头开发的"两站一厅"高能级平台也在不断迭代升级，未来将更加注重也更贴近浙江发展需求。比如聚焦生命大健康、新能源、航空航天、高端装备制造、医疗器械等领域，将全省产业重点都呈现在显示屏上，每天实时更新。

浙江省驻京办"两站一厅"展示区

"两站一厅"高能级平台的最大好处，就是串联起了浙江在北京招引人才与项目的"全省一盘棋"，很精准、成体系，巧妙化解了原先松散型、各自为政的短板。既助力解决浙江扩大有效投资增量、产业链强链补链、"卡脖子"技术三大问题，也有效推进了县市创新发展所需一键直达，央企好项目、科研好成果一键对接。

成立以来，浙江省驻京办采取"走出去"与"请进来"相结合的方式，引导全省各地与央国企和院士专家对接。他们集体走进华润生命科学集团，对接中医现代化、人工智能健康管理等项目；走进中国中车集团，考察时速600公里的高速磁浮；走进中国建材集团，考察绿色建材未来发展潜力；还组织了海西州产业链招商考察暨京津冀浙商企业海西行等活动。

同时，多次举办"'两站一厅'项目精准对接系列活动之浙江大厦专场"，邀请了几十家有意在浙江布局的项目方前来对接。这其中，既有院士团队，也有北京首发集团、中国信息通信研究院等央国企和科研院所。2021年12月的浙江大厦对接会上，中国科学院过程工程研究所和中国科学院电工研究所同时出现，他们都表示想参与浙江的共同富裕示范区建设。

"三首"先行，以主动服务赢得发展主动

实施"首都创新支点工程"，把首都北京作为浙江高质量发展创新策源地的一个核心支点。为了"以服务的主动"助力浙江"赢得发展的主动"，浙江省驻京办创造性提出念好"首"字经，做好"三首"（首知、首试、首选）文章，努力做到中央的重要信息我"首知"，助力科学决策；中央的改革创新政策我"首试"，助力治理现代化；央企等好项目

我"首选",助力高质量发展。

"三首"先行,无疑是对坚持"大服务"理念、为中心大局助力赋能的最佳阐释。也是充分发挥"强"藤蔓才有"好"地瓜的作用,大力推动"浙江经济"与"浙江人经济"有机融合。

迈进新时代,开放的浙江需要更多资源。除了央国企,省驻京办还致力于把知名外企、优秀民企"引"回浙江。

在"两站一厅"活动中,不时活跃着外企、民企的身影。比如,国际顶尖的人工智能计算公司英伟达、赫赫有名的新兴产业领军企业东旭集团等。东旭集团投资 110 亿元的高端光电半导体材料项目已落地丽水;八亿时空集团总投资 119 亿元的液晶显示材料和新能源材料两个项目,正在杭州湾经济技术开发区紧锣密鼓建设中。

2023 年 8 月 31 日至 9 月 1 日,浙江省驻京办联合中国欧盟商会、浙江省贸促会共同举办了"欧盟企业浙江行"活动,吸引了 18 家欧盟企业代表参会。

活动分别在杭州、嘉兴两地举行,以"圆桌会 + 推介会 + 现场考察"等方式开展交流合作。通过现场考察和浙江省相关部门的现场回应,参会欧盟企业代表纷纷表示:浙江有一流的营商环境、生态环境,今后会进一步加强交流合作。

中国欧盟商会于 2000 年成立,是在华欧盟企业的独立官方代言机构,拥有 1800 余家会员公司。据了解,浙江历来是中国欧盟商会的重要投资目的地,商会多家企业经营收入的 50% 来自长三角地区,研发投入的 50% 也在长三角地区。

"18 家欧盟企业浙江行,通过宣介浙江营商环境投资环境、畅通相互间的沟通交流渠道,可以进一步提振欧盟企业在浙江的发展信心,共创中欧合作新机遇。"浙江省驻京办党组成员、副主任邵千龙表示,"首都北京不仅有科技、人才、信息、项目等资源优势，也在接触外商、对接外企等方面有着天然独特的优势。浙江构建新发展格局，我们必须更加努力、主动服务。"目前，以"体系化联络、品牌化运作、主题式开展"的"京浙智汇"品牌首发活动正在筹划推进中，增进乡情乡谊、链接首都资源，为浙江高质量发展汇聚智力。

创新突破，服务浙江"两个先行"建设

浙江人的拼劲，大家有目共睹，浙商"四千精神"早已随着地瓜藤蔓一起，延伸至世界各地。

浙江驻京干部身上除了有刻在浙江人骨子里的勤奋、拼搏、勇敢等优秀品质，还有一种精神让人点赞，那就是：创新。

"两站一厅"是一种创举。让"两站一厅"保持高效运转、取得出色成效的，是他们在工作中创新了"工作专班"模式。

这是一种省市联动模式的工作专班，由浙江省驻京办牵头全省驻京机构联袂打造。这也意味着，工作专班在人员配备上突破了省办的限制、纵向直插，同样采用"全省一盘棋"的统筹打法，党建引领、省市联动，精准服务双招双引。

"'两站'工作专班在中间所起的作用，就是为合适的产业项目与浙江各地交流对接当好'红娘'，做好服务。"浙江省驻京办党组成员、副主任王惠良说。

为了提高对接成效，"两站"专班工作人员在事先充分摸排调研的基础上，挑选的所有项目都与浙江加快建设"互联网+"、生命健康、新材料等重点产业相吻合，注重与高质量发展要求的契合度。比如，2021年4月，"两站一厅"第二场项目对接活动中，中国信息通信研究

院的企业数字化转型公共服务平台项目，能为企业加速区域数字化转型提供一站式解决方案，聚焦的是数字经济；东旭集团 UTG 玻璃生产线、3D 车载盖板等项目，助力光电显示产业核心材料国产化，聚焦高端装备制造业；韩其明院士团队的区块链、智能制造等项目，拥有自主研发的先进区块链智能技术，聚焦的则是科研成果产业化。

"两站"专班工作人员在提高项目匹配度上花了大量精力，既研究项目主体的信息，也分析浙江基层县市的实际。在此基础上，他们组织项目主体开展集中推介，与各市县工作专班进行专场对接，不仅避免多方重复洽谈的尴尬，也降低了各方的商务成本，大大提高了对接效率和招商精准度。

对 80 多万在京浙江人的服务上，他们也有创新举措。成立"浙江在京院士之家"，便是其中之一。

据统计，1600 多位全国两院院士中，在京院士占一半多。浙江省驻京办牵头全省驻京机构，走访联络了 100 余位浙江籍为主的在京院士，努力推动在京顶尖人才资源集聚浙江。

2023 年 2 月，"浙江在京院士之家"揭牌仪式在浙江大厦隆重举行。当天，浙江省科协主要领导专程赶赴北京，送来了一块金灿灿的牌匾。

"'浙江在京院士之家'，是我省集聚高端人才科技创新和人才引育的新平台，是'院士专家工作站'建设的提升，承载着集聚院士智力、开展学术交流、孵化科技成果、提供决策咨询、服务产业发展等功能。"浙江省科协负责人表示，通过用好院士之家"高端智库"，有利于我省打造高端智力集聚地、技术创新策源地、成果转化示范地，打造面向全国、服务浙江的科创新高地。

"浙江在京院士之家"已成为浙江在北京的"院士智力飞地"，有力助推了浙江以超常力度一体建设教育科技人才强省。

"浙江在京院士之家"揭牌仪式现场

制造业基础厚实的温岭市，是浙江省高端数控机床核心区。近年，他们就在高端人才招引上尝到了甜头。他们聚焦主导产业和项目需求，求贤若渴，先后与周济、谭建荣、蒋庄德等 10 多位院士建立了良好的合作关系，助推当地高质量发展。他们引进中国科学院周远院士团队，在温岭建立院士工作站，开展高速钢材料冷处理技术研究，提升了当地数控机床产业集群质量技术核心竞争力。

"今后，我们将更好发挥'浙江在京院士之家'招才引智的桥头堡作用，更大范围、更高维度集聚在京院士智力和创新资源，并与省内院士之家内外联动，吸引更多院士专家到访浙江、选择浙江、建设浙江。"毛瑞福说。

后记

　　千万次的传播量，30 多篇全方位多层次的系列报道，让更多人知道了浙江人在北京的拼搏奋斗故事。从 2023 年 5 月 16 日开始，在将近 5 个月时间里，我们精心策划推出《繁茂的藤蔓——在京浙江人探访纪实》栏目，以每周 1 至 3 篇的频次在潮新闻客户端上首发，《在京浙江人》杂志和有关新媒体矩阵等联动刊发，在社会上特别在在京浙江人群体中引起了强烈反响。统计数据显示，这组专题系列报道的全网传播量达到 1000 万次以上，每篇报道的转发量都很大，每篇报道都得到网友踊跃跟评，起到了良好的二次传播效果。网友留言评价："系列报道写出了在京浙江人精气神!""每周看藤蔓系列报道，有一种追'剧'的感觉，催更、催更!"

　　有心人，天不负。这是浙报集团与浙江省驻京办签订战略合作协议以来，浙报集团北京分社、潮新闻京津冀新闻中心、浙江省驻京办《在京浙江人》杂志联合中国网，一起探索如何讲好在京浙江人故事的一次尝试。我们在专题系列报道的开篇就明确说，2023 年是"八八战略"实施 20 周年，这组策划是在特定时间、环境下，围绕"地瓜经济"主题，对在京浙江人作的一次多维度"截屏"；我们通过一个个沾泥土、带露珠的故事，来思考解码了不起的地瓜的藤蔓为何如此繁茂。

因此，记者去现场实地察看的"探访味"，是我们首先追求的。比如在《北京大红门的浙商去哪儿了？》一文中，我们这样开头："立夏过后，北京的阳光已非常扎眼。耀眼的阳光里，55 岁的台州人谢仁德带着采访组来到丰台区丰海南街路口。他眯起眼看了看南中轴国际文化科技园的工地，用手指着街对面一幢 20 多米高的老楼说：'当年那是京温服装市场。那个时候，大红门一带围绕服装产业形成的市场有几十个。那个繁荣啊！'"

类似这样具有强烈代入感的沉浸式表述，在我们藤蔓系列报道中比比皆是，可以让网友身临其境，产生强烈共鸣。

其次，追求报道的知识性。古今勾连，是我们在思想性基础上，要赋予这组报道的人文底色。比如《正乙祠戏楼，清朝"北漂"浙江人之家》一文，我们写道："从南新华街转向西河沿街，远远地在胡同口就可以看到'正乙祠戏楼'的标识，正乙祠戏楼隐藏在西河沿街的胡同里，戏楼的大门就像一道时光之门，进门后，历经 300 多年沉淀的院子让来者仿佛回到清朝时浙商们聚集在此集会议事、宴饮娱乐的场景。"在《助力家乡高质量发展，看浙江省驻京办如何提升服务力》一文中，我们说："浙江大厦位于北京朝阳区北三环安贞西里三区 26 号……。安贞区域并不大，但有着悠长的文脉。这里有 700 多年历史的元大都城垣遗址，以及清代就开始形成的北方国际贸易始发点——外馆斜街，也有代表了当前我国木偶技艺最高水平的中国木偶剧院。"

再次，就是实用性。我们通过报道告诉大家各地在京商会、驻京机构的职能，让大家了解他们都在忙些什么。我们探访浙江在京城的人文地标，挖掘背后鲜为人知的故事，发布京城浙江美食地图，告诉大家好吃的"浙江味"在哪儿。我们力图通过报道给读者特别是在京浙江人提供实用信息，起到"小黄页"的功能。

因此，如果说，"探访味""知识性""实用性"是这组报道结集成书后的特色的话，成就这个特色的，则是团队集体的努力和众人的智慧。

2023 年初，在浙报集团副总编辑、潮新闻总编辑王水明指导和启发下，围绕如何讲好在京浙江人故事，北京分社萌发了策划这组报道的想法。在我做好藤蔓策划的顶层设计、列出报道题目之后，对于主要执行者梁建伟、沈爱群来说，要把设想变成现实，其实是一次次采访意图与现实的碰撞。这个过程有惊喜，也有沮丧，最后还得变成每周必须发出的成稿，背后的坚持与艰辛，梁建伟、沈爱群最有感受。其中，资深记者沈爱群承担了专题系列报道六成以上的采访和写作任务，其他同事张毅、姜倩、刘晨茵、俞雪妍、乔韵鸥、张纯纯等紧紧跟上，或承担单篇采访任务，或者加入团队共同采访，或者提供线索联系采访对象……各展所长，美美与共。在此，我要为我们浙报集团北京团队的小伙伴们点赞。

浙江省驻京办指导并参与了专题系列报道从策划到实施的全过程。每篇报道首发后，谢寿华副主任都会在他的朋友圈推荐转发，反馈网友意见建议，给予热情指导；群众工作处张淑媛处长、《在京浙江人》杂志余国荣副主编参与报道选题讨论，帮助联系采访对象，并将报道在《在京浙江人》集纳刊发；北京浙江企业商会，各地市驻京机构及其商会的微信公众号、微信群，也在第一时间转发；中国网这样的央媒如同兄弟般支持，在中国网多媒体平台同步刊发系列报道。所有涓涓细流、点点支持，都汇在了一起，扩大了系列报道的社会影响力和国际影响力，我在此一并表示感谢。

　　要感谢的还有出现在我们报道里的众多采访对象，是你们的协助和配合，把你们的精彩故事分享给我们，才成就了我们的报道。掩卷沉思，你们的一个个形象是如此亲切生动，可亲可敬，恕我在这里不一一列出名字了。能够采访你们，交上朋友，是我们作为媒体人在北京结的最大善缘。

　　讲好在京浙江人故事，这是我们浙报集团北京分社作为时代风云记录者的职责所在，但匆忙之间，水平有限，难免有不准确以及疏漏之处，敬请批评指正。

　　感谢大家和我们一起走过这一程，是为后记。

浙报集团北京分社社长、总编辑　蔡李章

2023 年 10 月 30 日

图书在版编目（CIP）数据

繁茂的藤蔓：在京浙江人探访纪实 / 浙江日报报业
集团北京分社，潮新闻京津冀新闻中心编著 . -- 北京：红旗
出版社，2024.1
ISBN 978-7-5051-5387-5

Ⅰ . ①繁… Ⅱ . ①浙… ②潮… Ⅲ . ①新闻—作品集
—中国—当代 Ⅳ . ① I253

中国国家版本馆 CIP 数据核字（2023）第 241841 号

书　　名	繁茂的藤蔓：在京浙江人探访纪实			
编　　著	浙江日报报业集团北京分社　潮新闻京津冀新闻中心			

责任编辑	丁　鋆　马瑞霞　杨　迪	责任印务	金　硕
责任校对	吕丹妮　郑梦祎	封面设计	高　明
特约审稿	周纯钧		
出版发行	红旗出版社		
地　　址	北京市沙滩北街2号	邮政编码	100727
	杭州市体育场路178号	邮政编码	310039
编 辑 部	0571-85310806	发 行 部	0571-85311330
E－mail	rucdj@163.com		
法律顾问	北京盈科（杭州）律师事务所　钱　航　董　晓		
图文排版	浙江新华图文制作有限公司		
印　　刷	北京画中画印刷有限公司		
开　　本	710 毫米 ×1000 毫米	1/16	
字　　数	260 千字	印　张	19
版　　次	2024 年 1 月第 1 版	印　次	2024 年 1 月第 1 次印刷
ISBN 978-7-5051-5387-5		定　价	88.00 元